배신 기사의 유쾌한 신의 7

초판 1쇄 발행 2023년 11월 9일

지은이 ǀ 가언
발행인 ǀ 최원영
편집장 ǀ 이호준
편집디자인 ǀ 한방울
영업 ǀ 김민원

펴낸곳 ǀ ㈜ 디앤씨미디어
등록 ǀ 2002년 4월 25일 제20-260호
주소 ǀ 서울시 구로구 디지털로 26길 111 JnK디지털타워 503호
전화 ǀ 02-333-2513(대표)
팩시밀리 ǀ 02-333-2514
E-mail ǀ seed_dnc@dncmedia.co.kr
블로그 ǀ blog.naver.com/gnpdl7

ISBN 979-11-6145-569-3 04810
ISBN 979-11-6145-506-8 (SET)

※ 저자와 협의하여 인지는 붙이지 않습니다.
※ 이 책은 ㈜ 디앤씨미디어(시드북스)가 저작권자와의 계약에 따라 발행한 것으로 본사와 저자의 허락 없이는 어떠한 형태나 수단으로도 내용을 이용할 수 없습니다.

배신기사의 유쾌한 식의

가언 판타지 장편소설

SEEDBOOKS FANTASY NOVEL

1장. 축복은 얼어 죽을 · 7

2장. 웃으시면 됩니다 · 81

3장. 완전무결한 것은 없다 · 143

4장. 끝내주는 휴가 · 191

5장. 미친놈에겐 매가 약 · 241

1장. 축복은 얼어 죽을

축복은 얼어 죽을

제국으로 돌아오는 길은 지루할 정도로 평온했다.

덕분에 기사들은 휴식을 만끽하며 느긋하게 말을 몰 수 있었을…… 텐데.

불행히도 그러지 못했다.

이 기사단에서 제일 존재감이 도드라지는 한 사람의 심기가 시종일관 불편해 보인 탓이었다.

"일 다 잘 해결해 놓고, 저놈은 왜 저러냐?"

"전들 압니까?"

글렌이 소곤소곤 묻는 말에 아서가 마찬가지로 작게 대답했다.

두 사람의 시선이 닿은 곳은 당연히 아렌트가 있는 곳이었다.

쓸데없이 잘생긴 뚱한 낯짝이 평소와 큰 차이점은 없었다. 말을 걸었을 때 한 대 쥐어 패고 싶을 정도로 밉살맞은 대꾸가 돌아오는 것도 마찬가지였다.

하지만 어째서인지 평소와 미묘하게 분위기가 달랐다.

원래도 차가운 인상이었지만, 언짢은 티를 팍팍 내고 있으니 주변에 은근한 냉기가 떠도는 것 같았다.

그때, 묵묵히 말을 몰던 아렌트가 갑자기 멈칫하는 바람에 두 사람은 소스라치게 놀라고 말았다.

하지만 다음 순간, 아렌트가 주머니에서 과자 꾸러미를 꺼내자 어깨에서 힘이 쭉 빠져나왔다.

"……관심 끄자."

"넵."

여기저기서 짜증스러운 한숨이 들리는 것을 보니 다른 기사들 역시 감상은 마찬가지인 듯했다.

달달한 쿠키를 냠냠대며 눈동자만을 움직여 선배들을 살핀 아렌트는 속으로 혀를 쯧, 찼다.

'쓸데없이 눈치 빠르긴.'

선배들이 저 꼴인 걸 보니 잡생각이 지나치게 많았던 듯하다.

아무래도 그냥 머리를 비우는 게 나을 것 같았다.

어차피 지금 고민해 봤자 뭐가 될 리도 없고.

다행히 얼마 지나지 않아 의식을 다른 데로 돌릴 수 있었다. 르웰린에게서 연락이 온 거였다.

"당분간 왕국에 있겠다고?"

- 렉시온, 그자…… 그분? 드래곤 님……? 여하튼, 그쪽이 찾던 책이라는 걸 조사해 보려고. 아무래도 왕국 안에 단서가 남을 것 같으니까.

"워렌은?"

- 악신교 놈들이랑은 상관없다는 게 밝혀졌으니까, 내 부하들이랑 같이 왕국 안으로 들어왔어. 걔들은 수도 안에서 나름대로 조사한다고 하는데, 놀러만 다니는 거 아닌가 몰라.

통신용 수정구 너머에서 짧게 투덜거리는 소리가 들려왔다. 아무래도 워렌은 탐험가 연합에서 잘 적응하고 있는 모양이었다.

"그래도 일단 뭐가 튀어나올지 모르니 조심하고."

- 너 지금 나 걱정해?

"아니, 내 걱정하는 건데. 네가 어디서 객사라도 하면 에버란 왕국에서 날 가만두지 않을 테니까."

- 차가운 자식. 어쨌든 뭐든 알아내면 연락할게. 그리고 황태자 전하께서 뭐 재미있는 일을 하신다면서.

아르크스와 헨리의 칸 연합 소식이 이미 르웰린 귀에도 들어간 것 같았다.

"그쪽은 일단 신경 꺼. 적당히 정리되면 알려 줄 테니까."

짧게 한숨을 터뜨린 아렌트는 통신을 끊어 버리고 고개를 들었다.

앞으로 하루면 제국에 도착한다.

그때부터는 다시 할 일이 태산이었다.

　　　　　　* * *

"네펠레 왕국 근처에 있다는 엘프 나라는요."

아렌트가 갑작스레 운을 떼자, 보고서를 검토하던 칸타레스가 고개를 들었다.

"응?"

"그쪽도 칼리온 제국이랑 교류해요?"

"뭐, 그렇지. 민간 단위로 무역 정도는 하고 있어. 외교적인 주고받음은 거의 없지만."

끝까지 다 훑어본 보고서를 탁, 덮은 황태자는 그것을 대충 책상 위에 올려놓았다. 아렌트가 청한 대화에 제대로 응해 줄 요량이었다.

이렇게 된 참에 아렌트는 걸리던 것을 물어보았다.

"이종족은 인간을 싫어하는 편입니까?"

알로이스를 꾸짖으며 칸타레스가 입에 담은 말이었다. 가뜩이나 인간에 반감이 강한 이종족을 건드려서는 안 된다고.

"단언할 수는 없지만, 대부분 썩 호의적이지는 않지. 루미엘 신관님이나 르웰린 왕자가 특이한 경우야."

그들 입장에서는 살아오는 세월 동안 알로이스 같은 인간을 더 자주 접했을 테니까.

"그래도 무턱대고 적대하지는 않아. 무역 형태로나마 교류는 계속해서 이어지는 중이고, 옛날에는 같은 적을 상대로 맞서 싸운 전우였으니까. 지금은 서로 영역을 존중하며 선을 지키는 중이지."

"딱 그 정도의 거리감이군요."

아렌트가 애매하게 고개를 끄덕였다.

"혹시 엘프와 드래곤이 관련됐을 가능성은요?"

"나도 같은 생각을 했어. 드래곤도 따지자면 이종족이니까, 어울릴 거면 인간보다는 엘프 쪽이겠지. 드래곤 자존심에 얼마나 어울릴지는 모르겠지만."

화려한 의자에 등을 푹 기댄 칸타레스가 천장을 보며 말을 이어 나갔다.

"인간계에서는 이제 존재조차 전설이 되어 버렸지만…… 어쩌면 엘프를 비호하고 있을지도 모를 일이고. 뭐, 다 추측일 뿐이야. 확실한 건 아무것도 없어."

"흐음…… 이건 르웰린 왕자한테 물어보는 게 낫겠네요."

영 개운치 않은 얼굴을 한 아렌트를 보며 칸타레스가 은근슬쩍 물었다.

"뭐가 걸리는데?"

"드래곤, 엘프, 체르니온교의 성녀…… 이것저것 다요."

전부 다 알로이스 입에서 나온 키워드들이었다.

"그 성녀 이야기는 나도 신경 쓰였어. 지금까지 발견된 기록에서는 한 번도 언급되지 않았던 건데."

이제 서류에는 완전히 관심을 잃어버린 건지, 황태자는 종이 더미를 아예 옆으로 밀쳐 버렸다.

"그렇다고 드래곤이 굳이 거짓말을 한 것 같지도 않은데. 넌 어떻게 생각해?"

"제 판단입니다만, 연기를 좀 더 실감나게 하려고 자신이 아는 정보를 가져다 붙여서 말했을 가능성이 클 것 같아요."

팔짱을 끼고 삐딱하게 서며, 아렌트가 대꾸했다.

"그러니까…… 악신교 노릇을 하려다 무심코 튀어나왔다는 거지?"

"네, 렉시온이 실제 드래곤이라면 전쟁 시기의 생존자일지도 모릅니다. 그때는 실제로 성녀가 악신교를 이끌었던 거겠죠. 지금도 마찬가지일지 모르고."

"캐면 캘수록 수수께끼만 늘어가는 기분이군."

칸타레스가 침음을 흘렸다.

그를 물끄러미 보던 아렌트가 어깨를 으쓱했다.

"드래곤이 뭔가를 알고 있는 건 분명하니, 그쪽을 조사하면 이것저것 더 캐낼 수 있겠죠."

"그래서 드래곤을 들쑤시겠다고? 하기야 저쪽에서 널 눈독 들이고 있으니 따로 선택지가 없긴 하다만."

"오히려 잘된 일이죠. 확실한 연결 고리가 생긴 셈이니까."

표적이 되는 것은 처음부터 각오한 일이었고, 일의 결과만 보면 처음 의도의 절반쯤은 성공한 셈이었다.

저쪽에서 먼저 존재감을 드러냈으니, 놈은 더 이상 무대 뒤의 배경을 자처할 수는 없을 테니까.

"게다가 원하는 것도 확실하니, 이만큼 쉬운 먹잇감도 없습니다."

"그 먹잇감 중 하나가 너란 사실은 잘 아는 거지?"

태연하게 어깨를 으쓱하는 견습 기사를 질렸다는 듯 보던 황태자가 쯧쯧 혀를 찼다.

"너도 참, 일을 사서 하는 경향이 있어."

"불만이십니까?"

"아니, 그래도 너무 막 나가지는 말라고."

황태자가 고개를 내젓자 아렌트가 눈썹을 휘었다.

"새삼스럽게요?"

"그래, 새삼. 지금은 상황이 많이 달라졌으니까. 저 위에 계신 분들인 신은 말할 것도 없고, 드래곤은 자연재해

와도 마찬가지인 존재야. 당연히 인간의 마음대로 될 리가 없지."

칸타레스는 드물게도 진지하게 말을 이었다.

"네 심사가 뒤틀린 것도 그것 때문이잖아. 네펠레 왕국 사태는 정말로 예상 밖이었으니까. ……뭐, 그것도 결국 네가 주도해서 수습한 게 됐지만."

"그래서, 결론은요?"

"네펠레 왕국 사건처럼 네 손을 벗어나는 일이 생기는 것도 당연한 일이라고. 그것까지 네가 책임질 일은 아냐."

언젠가 루미엘 신관이 너무 강박적으로 굴지 말라고 한 말과도 비슷한 결의 조언이었다.

나름대로 생각해서 건넨 말이라는 걸 알지만, 그렇다고 곧이곧대로 받아들일 수는 없었다.

아렌트는 뚱한 얼굴로 주머니에 손을 찔러 넣었다.

"자연재해를 만드는 건 불가능해도, 어느 정도 예측하는 건 가능합니다. 피해를 줄이거나 이용할 수도 있겠죠."

"그리 말할 줄 알았다. 하여튼 고집은."

"그래도 일단 참고는 하겠습니다. 영 틀린 말씀도 아니니까요."

그렇게 대꾸하는 놈의 낯에 설핏 미소가 드리운 것을 본 칸타레스는 조금 마음을 놓았다.

"그런 의미로, 며칠 휴가를 낼까 하는데요."

"……뭐? 갑자기?"

"단장님께는 이미 말씀드렸습니다. 일개 견습 기사의 휴가이니 단장님 선에서 처리되는 게 맞지만, 그래도 혹시나 찾으실까 봐."

멀뚱멀뚱 물어 오는 상관에게 아렌트가 느긋하게 덧붙여 주었다.

"어디 갈 건데?"

"슈타들러 백작님 연구실이요. 이번 일을 간략하게 알려 드렸더니 한번쯤 연구실에 와 보라고 하시더라고요. 아무래도 보여 주고 싶은 게 있으신 것 같아요."

"그럼 잘됐네. 휴가 말고 파견으로 쳐줄 테니, 심부름도 해."

"무슨 심부름이요?"

"칸 연합. 이틀 뒤에 본격적으로 운영을 개시한다더군. 네가 가서 상태 좀 살펴보고 와."

"……."

줄곧 평정심을 유지하던 아렌트의 얼굴에 한순간 금이 갔다. 그에 반해 황태자는 그저 즐겁다는 듯 싱글벙글 웃을 뿐이었다.

"미리 덧붙여 주자면, 이건 명령이야."

"전 그냥 휴가 쓸 테니, 다른 사람 보내시죠."

"네가 적임자라는 건 스스로도 잘 알 텐데?"

축복은 얼어 죽을 〈17〉

황태자와 칸 연합이 관련 있다는 게 알려지면 곤란하니, 다른 사람이 자주 드나드는 것도 삼가야 했다. 하지만 아르크스와 혈연인 아렌트가 발을 들이는 걸 이상하게 볼 사람은 없을 것이다.

'이목이야 좀 끌리겠지만.'

어딜 가나 워낙 눈에 띄는 녀석이니.

그런 생각을 하는데, 짜증 가득한 얼굴을 한 아렌트가 손을 내밀었다.

"뭐. 손은 왜?"

"파견이라면서요. 게다가 칸 연합에 들르는 건 비공식 업무일 테니, 경비는 황태자 전하께서 사비로 지불하시는 게 맞죠."

"……너 진짜 좀생이 같은 거 아냐?"

"넵, 원래 그렇게 생겨 먹었습니다. 치사하고, 더럽고, 아니꼽고, 좀생이 같은 게 바로 저죠. 처음에 약속하셨잖아요. 생선은 충분히 던져 주신다면서요?"

"뻔뻔한 새끼."

역시 한 대 얻어맞고 그냥 넘어가는 법이 없었다.

* * *

혼자 가려고 했지만, 라이오스는 끝끝내 아서까지 옆에

딸려 보내 주었다. 흉흉한 상황에서 혼자 황궁 밖으로 내보내는 게 불안하다는 이유였다.

하지만 혼자만의 시간을 강탈당한 아렌트에게 썩 기꺼운 배려는 아니었다.

한 손으로 말을 몰며 견습 기사가 투덜거렸다.

"귀찮게, 진짜."

"나도 좋아서 같이 가는 거 아니거든. 너 혼자 돌아다니다가 암살당할까 봐 그러시는 거 아냐."

"죽긴 왜 죽어요? 위험해지면 아는 거 다 불어 버리고 나 혼자 도망칠 건데."

"차라리 얌전히 뒈져 버리면 다행이지. 그럴까 봐 더 걱정하는 거라고."

게다가, 애초에 그럴 생각도 없는 주제에.

아서는 목 끝까지 튀어나오는 말을 입안으로 삼켰다.

저놈은 위기감이라는 게 없는 건지, 아니면 신경 줄이 굵은 건지.

'보통 사람이라면 이미 방구석에 틀어박혀 두문불출해도 이상하지 않은데······.'

고작 얼마 전까지만 해도 정신 나간 왕세자가 아렌트를 죽이겠다며 마구 날뛰던 차였다.

게다가 배후는 무려 드래곤.

이번엔 순순히 물러났다고는 하지만, 결국 드래곤은 아

렌트에게 직접 자신을 찾아오라는 전언까지 남기고 사라졌다. 그런데도 당사자는 그저 태연하기만 하니, 걱정 많은 라이오스의 속이 얼마나 타들어 갈지는 안 봐도 뻔했다.

하지만 아서는 곧 모든 것을 체념해 버렸다. 말해 봤자 제 입만 아플 것이다.

상대는 그 아렌트 폰 에크하르트니까.

"야이 씨, 같이 가자고!"

아서가 뒤에서 신경질적으로 외쳤지만 아렌트는 들은 척도 하지 않고 먼저 저만치 앞서 나가 버렸다.

그리고 그 둘을 지켜보는 시선들이 또 있었으니.

"우리도 가자."

"하아, 내 휴가 쓰고 이게 뭐 하는 짓인지……."

귀찮다는 티를 팍팍 내면서도 건방진 후배에게 따라붙는 선배 기사들이었다.

　　　　　　　　＊　＊　＊

"……그, 백작님. 괜찮으신 거 맞죠?"

마중 나온 슈타들러 백작을 보자마자 아서는 떨떠름하게 물을 수밖에 없었다.

누가 봐도 안 괜찮은 얼굴로, 슈타들러 백작이 어리둥절하게 되물었다.

"예? 저야 늘 그렇듯이 아주 건강하지요. 딱히 문제는 없습니다만. 왜 그러십니까?"

"아니…… 아닙니다."

그도 그럴 것이, 백작의 눈 아래가 퀭한 것이 구울보다도 더 생기가 없는 것 같았다. 반쯤 초점이 나간 눈으로 헤실헤실 웃는 백작을 보고 있자니 안타까운 마음이 반, 섬뜩한 마음이 반이었다.

전혀 반대로 보는 사람도 있는 것 같지만.

"좋아 보이시네요, 백작님."

"저게?"

"행복해 보이니 된 거 아닐까요?"

아서가 기함해서 되물었지만 아렌트는 천연덕스럽게 그리 말할 뿐이었다.

슈타들러 백작이 환하게 웃으면서 고개를 끄덕였다.

"좋지요, 좋고말고요. 이야, 요즘 정말 살아가는 보람을 느낀답니다. 저도, 제 조수들도요. 하하하! 따라오시죠. 기다리고 있었습니다."

광소를 터뜨린 백작은 몸을 휙 돌려 휘적휘적 앞서 나가기 시작했다.

얼굴이 금방이라도 죽을 것 같은 시체 꼴인 것과는 별개로, 움직임 하나하나는 기이할 정도로 힘이 넘쳤다.

"최근에 황실 마법사 고문직도 내려놓으셨다더니……."

"여기 일이 즐거우신 거겠죠. 뭣보다 황태자 전하께 돈도 잔뜩 받을 테고."

아서의 떨떠름한 중얼거림에 아렌트가 덧붙여 주었다.

우선 백작은 광산과 조금 떨어진 곳으로 그들을 안내했다.

마지막으로 왔을 때는 정원이 들어서던 공간에 건물이 몇 채 들어서 있었다. 모두 슈타들러 백작이 연구실로 이용하는 공간이었다.

"많이 바뀌었지요? 황태자 전하께서 지원해 주신 덕분에 조수들도 편하게 지내고, 연구물들과 자료들도 안전하게 보관할 수 있습니다. 이 땅 어디를 뒤져 봐도 이곳보다 좋은 연구 시설은 없을 거라고 자부합니다."

"설계도 다 백작님이 하신 거예요?"

"노이만 상단주님이 소개해 주신 건축가와 함께 논의했지요. 모든 것이 아주 순조롭습니다!"

묻지도 않는 말을 주절대는 백작의 목소리를 흘려들으며 아렌트는 주변을 둘러보았다.

칸타레스는 자신에게 협력하면 마음껏 지원해 주겠다는 약속을 잘 지키고 있는 것 같았다. 필요한 물품 또한 노이만 상단에서 편리하게 공급받고 있으니, 이곳은 백작에게 지상 낙원과 다름없을 것이다.

애당초의 목적대로, 백작이 곱게, 좋은 방향으로 미쳐

버린 것을 두 눈으로 확인하니 어쩐지 뿌듯해지는 기분이었다.

"하루 묵어가신다고 생각해서 숙소를 마련해 두었습니다. 연구실은 얼마든지 자유롭게 둘러보셔도 좋습니다."

"보여 주고 싶다고 하신 건요?"

"그건 이따가 밤에 자세히 말씀드리겠습니다."

아렌트가 자신의 공간에 왔다는 것이 마냥 기쁜지, 백작은 시종일관 흥분 상태였다.

자신의 조수들이 얼마나 믿음직하고 유능한지, 황태자의 지원금이 어떻게 쓰였는지를 쉴 새 없이 떠들어 댔지만, 아렌트는 대충 흘려들으며 주변을 구경했다.

가끔 마주치는 연구자들은 턱 끝까지 내려오는 다크서클을 주렁주렁 매달고 해맑게 인사를 건네는 것이, 대부분 백작과 상태가 비슷했다.

아서가 질색하며 중얼거렸다.

"뭐 전염병이라도 도는 거 아냐? 광증도 옮는다던데……."

"왜요. 보기 좋은데."

"……."

제대로 먹지도 못하고서 극장 유지에 목을 매던 단원들이 딱 저 꼴이었다.

여기가 좀 더 정도가 심한 것 같긴 하지만.

곧 백작은 두 사람을 작은 회의실로 안내했다.

잠시 기다리자니 시종이 차와 다과를 가져다주고, 곧 여성 연구원이 들어왔다.

"소개드리겠습니다. 제 유능한 조수 클로에 양입니다."

"처음 뵙겠습니다, 아렌트 폰 에크하르트 경. 그리고 아서 노버트 경."

그녀 역시 상태가 안 좋기는 마찬가지였다.

양팔에 자료를 한가득 껴안고 고개를 숙여 인사하며 흐릿한 미소를 짓는 클로에에게 두 사람 역시 묵례로 답했다.

슈타들러 백작이 마저 소개했다.

"칸 연합 이야기를 들었습니다. 헨리 공자님, 아니, 연합장님께 일손을 빌릴 수 없겠느냐는 연락이 와서 클로에 양을 비롯한 몇몇을 그쪽에 보내 드리기로 했습니다."

"앞으로도 종종 뵙겠습니다. 그리고 이것은 황실 측에 전달할 보고서입니다. 아렌트 경께서 황태자 전하께 전해 주시면 감사하겠습니다."

쿵.

클로에가 들고 있던 서류 더미를 내려놓자 종이 더미에는 어울리지 않는 육중한 소리가 울려 퍼졌다.

"그러면 이따가 다시 뵙겠습니다. 백작님, 저는 자리로 돌아가 보겠습니다."

클로에가 자리를 피해 주자, 슈타들러 백작이 화두를 던졌다.

"클로에 양은 이 연구실의 이인자라 할 수 있습니다. 저 다음으로 많은 정보에 접근할 수 있는 권한이 있지요. 물론 신원도 확실하고, 믿을 만한 사람이라는 건 이미 확인했습니다."

"백작님의 안목이니 그렇겠죠. 딱히 의심하지 않습니다."

"감사합니다."

아렌트가 무심하니 대답하자 백작의 낯에 미소가 피어났다.

"그래서 최근 악신과 드래곤에 관한 연구는 저와 클로에 양이 공동으로 진행했습니다. 영상 기록석 개발에도 큰 도움을 주었지요."

"아……."

처음 영상 기록석을 시험해 봤을 때 들렸던 여자 목소리의 주인공이 바로 저 클로에인 듯했다.

"지금부터 본론입니다. 네펠레 왕국 일에 드래곤이 개입한 것 같다고 하셨지요? 게다가 악신교를 사칭했다고요. 그렇지 않아도 이번에 굳이 오신 게 그것 때문입니다."

백작의 얼굴이 진지해졌다.

"물론 그러시리라 믿습니다만, 황태자 전하 외에 다른 분들은 두 분이 이곳으로 왔다는 걸 모르시지요?"

"딱히 떠벌리고 다니진 않았으니까요. 뭐 문제라도 있습니까?"

"사실 마정석 광산 유적 내부에서 새로운 공간이 발견되었습니다. 아직 이 사실을 아는 건 저와 클로에 양뿐입니다."

한껏 낮아진 백작의 목소리에 아렌트가 눈을 반짝였다.

"숨겨진 곳이 있었단 말씀이시죠?"

"예, 결계 해제 과정에서 마법으로 감춰 둔 입구가 나타났습니다. 원래라면 텔레포트 마법으로만 드나들 수 있는 공간이었겠지요."

주인이 오랫동안 돌아오지 않은 데다 세월의 풍파, 그리고 슈타들러 백작의 꾸준한 탐사로 결국 드래곤의 비밀 공간이 모습을 드러낸 것이다.

"안쪽에도 방이 여러 군데 있었는데, 낡은 책 몇 권과 가구, 그리고 빈 공간 하나가 발견됐습니다. 그런데 하나같이……."

"엄청난 발견이었다고요?"

"그렇습니다!"

듣다 못한 아서가 추임새를 넣어 주자 백작이 펄쩍 뛸 기세로 외쳤다.

아렌트는 한쪽 귀를 틀어막고 손을 휘휘 내저었다.

"계속 말해 주세요."

"책 한 권은 아예 처음 보는 언어라 번역이 불가능했는데, 우선 필사로나마 남겨 두었습니다. 아렌트 경께도 한 권 드리겠습니다. 다른 책의 몇몇 문장은 분석할 수 있었는데……."

백작은 클로에가 가져다준 자료들 중 몇 장을 뽑아 두 사람 앞에 내밀어 주었다.

기사들은 읽을 수 없는 온갖 문자들이 낙서처럼 종이를 가득 메우고 있었다.

눈살을 찌푸리고 그것을 읽어 보려 애쓰던 아렌트는 곧 익숙한 글자를 발견했다.

"……신의 영광이 함께하기를?"

고대어로 적혀 있었지만, 최근 성서를 읽으며 눈에 익숙해진 문장이었다.

"맞습니다. 그리고 그 아래를 봐 주십시오. 같은 책에서 나온 문장입니다."

생전 처음 보는 글자들의 나열이었다.

아서와 아렌트가 살짝 미간을 찌푸리자, 백작이 친히 번역해 주었다.

"세상이 불바다가 됐다."

"……."

"추측하건대, 대전쟁 시대의 기록인 듯합니다. 다른 책에도 이 같은 내용이 몇 번 반복되었습니다."

"일단…… 이곳이 드래곤의 소유였다는 건 확실해진 겁니까?"

"예, 그것 또한 확인되었습니다. 그건 잠시 후에 보여 드리겠습니다."

멍하니 있다가 간신히 입을 연 아서가 더듬더듬 묻자 누가 들을까 봐 두렵기라도 한 듯, 슈타들러 백작이 더욱 목소리를 낮췄다.

"저희 의견은 이렇습니다. 이곳은 전쟁 당시, 레어를 떠난 드래곤이 피난처 비슷하게 사용하던 곳인 것 같습니다. 아마 이곳의 드래곤은 전쟁에 말려들고 싶지 않았던 거겠죠."

세상이 불바다가 됐다…… 이 문장만 봐도 충분히 예측 가능했다.

이 공간의 주인은 참담한 심정으로 불타오르는 세상을 지켜본 것이다.

"그리고 발견된 책들은 그가 이곳에 머물면서 종종 남긴 기록일 테고, 아예 분석이 불가능한 책은 용언으로 작성된 게 아닌가 합니다."

"용언은 또 뭐예요?"

"드래곤끼리만 사용하는 고유의 언어입니다. 아직 실체가 확인된 적은 거의 없다시피 하지만요."

이번에도 아서가 묻는 말에 답을 내준 백작이 빠르게

말을 이었다.

"밖에서 발견한 책들 역시, 용언으로 작성되었다고 한다면 그간 번역하지 못한 것도 이해됩니다. 지금껏 인간계에서 발견된 전례가 거의 없다시피 하니까요."

더불어 고대어로 쓰인 책들도 함께 발견되었다는 건, 이곳에 지내던 드래곤이 인간에게도 퍽 호의적이었거나 꽤 관심을 가졌을 가능성을 시사했다.

"아, 이런. 시간이 됐군요. 슬슬 가 보실까요? 꼭 직접 보셔야만 하는 게 있습니다."

힐끔 시간을 확인한 슈타들러 백작이 몸을 일으켰다.

어느새 밖은 해가 저물어 어두워져 있었다.

백작은 두 사람을 광산으로 이끌었다.

광산 역시 그들이 기억하던 모습과는 사뭇 달랐다. 입구가 잘 정비되고, 인부들의 휴게 공간도 근처에 마련되어 있었다.

"이쪽입니다."

광산 안의 방에서 커다란 책장을 옆으로 밀어내자 숨겨진 입구가 드러났다.

"원래는 마법으로 몇 겹이나 막혀 있었습니다. 처음 조사할 때만 해도 방 안을 샅샅이 훑어보았습니다만, 흔적도 찾을 수 없었죠. 그러다 우연히 결계를 건드리는 바람에 입구를 발견한 겁니다."

설명을 이어 가며 백작이 먼저 복도 안쪽으로 발을 들였다.

"안쪽에서 바람이 불어 들어오는데?"

"그러게요."

주변을 두리번대며 아서가 한마디 던졌다.

오래된 복도는 청결 마법의 영향을 받아 먼지 한 톨 쌓이지 않은 상태였다. 두꺼운 카펫도, 벽을 장식한 비단 벽지도 약간 색이 변했을 뿐, 그저 깨끗하기만 했다.

마력이 떠도는 깨끗한 공기 덕에 몸이 가벼워지는 것 같았다.

한참을 들어가니 작은 집 같은 생활 공간이 나타났다.

넓은 응접실의 테이블 위에 은촛대 몇 개가 올라가 있었고, 그 옆에는 백작이 말한 낡은 책이 몇 권 놓여 있었다.

"드래곤이랄까…… 인간의 생활 공간 같은데요?"

"아마 인간처럼 몸집이 작은 종족의 모습으로 변해서, 그러니까 폴리모프해서 생활한 것 같습니다. 하지만 저 안쪽은 조금 다르지요."

방 몇 개를 지나쳐, 백작은 커다란 문 앞에 멈춰 섰다.

잠깐 심호흡하던 백작은 한 번 더 시간을 확인하고 문고리를 잡았다.

아서와 아렌트 역시 덩달아 몸을 살짝 긴장시켰다.

백작이 손에 힘을 주자 커다란 문이 소리 없이 스륵, 열리고 시원한 공기가 가득 들어찼다.

 그리고 드러난 광경에, 아렌트의 입에서 짧은 탄성이 터져 나왔다.

 "오……."

 방금까지 있던 아기자기한 공간과는 달리, 거대한 동공이 거기에 있었다. 암석이 그대로 드러난 벽은 천장까지 곡선으로 이어져 돔 형태를 이루었다.

 드래곤의 유해가 전시된 응접실의 세 배쯤 되는 넓이와 높이었다.

 "드래곤이 본체 모습으로 휴식을 취하던 공간인 것 같습니다. 그리고 중요한 건 지금부터입니다. 천장을 보십시오."

 시선을 든 아서와 아렌트는 천장에 작은 구멍이 난 것을 발견했다.

 "지상과 통하는 환기구입니다만, 외부에서는 전혀 확인할 수 없었습니다. ……아, 달이 뜬 것 같군요."

 백작이 그렇게 말하는 순간, 환기구에서 은빛의 월광이 드래곤의 안식처에 스며들기 시작했다.

 그리고 뒤이어진 장관에, 아서는 그만 할 말을 잃어버리고.

 "이야……."

아렌트의 입에서도 드물게 순수한 감탄이 흘러나왔다.
차가운 달빛이 동공에 스며들더니, 곧 믿기지 않는 광경이 펼쳐졌다.
암석이 그대로 드러난 벽면에, 빛으로 새긴 것 같은 벽화가 서서히 드러나기 시작한 것이다.
"……."
"달빛에만 반응해서 나타나는 그림입니다. 아마 이곳에 산 드래곤이 직접 그려 넣은 거겠지요."
슈타들러 백작이 어쩐지 경건함이 느껴지는 목소리로 그렇게 말했다.
그러는 순간에도 달빛은 꾸준히 영역을 넓히며 아름다운 그림을 그려 냈다.
빛의 선으로 이루어진 벽화는 분명 성화(聖畫)였다.
가장 아래쪽에서는 거대한 드래곤이 날개를 활짝 펼친 채 위를 경건히 올려다보고, 드래곤의 시선이 닿는 자리에는 아름다운 은하수와 달과 별, 그리고…… 신이 있었다.
"……."
양손을 다소곳이 모으고 허공을 올려다보는 아름다운 신.
길게 뻗은 머리칼이 발끝까지 쏟아지고, 굳게 감긴 눈은 천장 너머의 것을 보는 것 같았다.
아서가 멍하니 중얼거렸다.

"루체 님…… 이 아니지?"

"체르니온이네요."

체르니온교의 신전을 본 적 있는 아서조차 한순간 헷갈린 것도 이상한 일은 아니었다.

곁에 서 있던 슈타들러 백작이 착잡하게 말했다.

"예전에 발견된 체르니온 신전의 모습을 보지 못했더라면, 저도 루체 님이라고 생각했을 겁니다."

"절 부르신 게 이것 때문이었네요."

백작은 황궁의 다른 사람들이 이 발견을 어떻게 받아들일지 확신을 가지지 못한 것이다.

"……예, 가감 없이 말씀드리겠습니다. 황태자 전하나 제레온 보좌관께서는 모르겠지만, 다른 분들이 어떻게 반응하실지, 솔직히 두렵습니다. 어쩌면 연구실의 존속이 달려 있을지도 모를 일이고요."

"예? 이런 것 때문에 연구실이 위협받을 것까지야……."

"아뇨, 그럴지도 몰라요."

아서가 당황해 묻는 말에 아렌트가 답을 내주었다.

"연구실까지는 아니더라도, 이 공간 자체는 폐쇄하거나 파괴해야 한다고 주장할 분이 한 사람 계시죠."

"……."

뭐라 반박도 하지 못하고 아서가 멍하니 입만 뻥긋거렸다.

주어는 없었지만 아렌트가 지칭하는 사람이 누구인지는 충분히 짐작할 수 있었다.

테오도르 대신관.

이미 그는 체르니온의 신전을 폐쇄한 바 있었다. 덕분에 기사단은 외관만을 확인했을 뿐, 자세한 조사는 하지 못했다.

"그리고 하나 더 봐 주셨으면 하는 게 있습니다."

백작은 두 사람을 안쪽으로 안내했다.

벽화에서 눈을 떼고 그의 뒤를 따르던 아렌트는, 얼마 가지 않아 한구석에 가지런히 정렬된 도자기들을 발견했다. 호리병 형태에 양쪽으로 잡을 수 있는 손잡이가 달려 있고, 화려한 보석으로 장식된 뚜껑으로 봉해져 있었다.

"자세히 봐도 되나요?"

"네, 그러시죠."

백작의 허락이 떨어지자, 아렌트는 그중 하나를 들고 꼼꼼히 살폈다.

뚜껑 부분에 읽을 수 없는 문자가 새겨져 있었다.

견습 기사의 시선이 어디에 닿았는지 알아차린 백작이 짧게 설명해 주었다.

"아마 이름이 아닐까 합니다."

"이름이요? 아……."

다른 것들의 뚜껑에도 제각기 다른 문자들이 적혀 있는

것으로 미루어 봤을 때, 이 물건들의 정체도 쉽게 짐작할 수 있었다.

아서가 멍하니 중얼거렸다.

"유골함입니까?"

"그럴 가능성이 높습니다. 르웰린 왕자님께 받은 자료에 따르면, 드래곤 휘하에는 언제나 호위들이 있다고 합니다. 정확한 정체까지는 밝혀지지 않았지만요."

"드래곤의 호위라……."

유골함을 내려다보던 아렌트가 짧게 뇌까렸다. 얼마 전에 검을 맞댄 기이한 기척의 사내, 스텔이 떠오른 탓이었다.

"여기에는 아마 드래곤의 심복들이 잠들어 있을 거라고 추측할 뿐입니다만…… 어쩐 연유로 이곳에 보관된 건지는 잘 모르겠습니다. 이것 역시 바깥으로 반출하지 못하도록 조치되어 있습니다."

이야기를 정리하자면, 체르니온을 모시던 드래곤이 전쟁을 피해 마정석 광산에 들어와, 심복들과 여생을 보냈다는 것이 될 터였다.

마침 아서가 같은 생각을 하고 있었던지, 찜찜한 얼굴로 운을 뗐다.

"수하들의 수명이 다할 때까지 여기에 있었다면…… 그 뒤로 드래곤은 어디로 간 걸까요?"

"그건 더 조사를 해 봐야 할 것 같습니다. 하지만 단서가 없는 것도 아닙니다. 이쪽을 봐 주세요."

슈타들러 백작이 유골함 하나를 들어 두 사람에게 보여 주었다.

읽을 수 없는 글자만 새겨져 있는 다른 것들과는 달리, 이것의 뚜껑에는 인간이 사용하던 고대어가 적혀 있었다.

"질베르테라고 읽습니다. 이 이름이 어쩌면 실마리가 되어 줄지도 모르겠습니다만…… 문제는 조사가 허락되느냐는 것입니다. 이 작은 끈을 따라간다고 하더라도, 아마 그 끝이 닿는 곳은 지금의 악신교일 확률이 크니까요."

"하지만 그렇다고 내버려 둘 수는 없잖습니까?"

"그렇죠. 그게 문제입니다."

아서가 답답하게 하는 말에 백작이 신음을 흘렸.

"일단, 이곳은 계속 숨겨 둔 채 독자적으로 조사를 계속할 참입니다. 노이만 상단주님과 르웰린 왕자님의 도움을 받으면 뭐라도 실마리를 얻을 수 있겠지요."

"하지만 그것도 언젠가는 한계에 부딪치겠네요. 신전의 눈에 걸리면 끝장일 테니……."

팔짱을 낀 아렌트가 살짝 미간을 찌푸렸.

"……이대로는 안 되겠네요."

"잠깐만. 야, 너 무슨 생각하냐?"

"저 딱 한마디 했을 뿐인데요. 뭘 그렇게 불안하다는 듯이 봐요?"

식겁하는 아서를 곱지 않은 눈으로 한 번 흘겨본 아렌트가 다시 백작에게 시선을 주었다.

"일단 상황은 알겠습니다. 황궁으로 돌아가서 논의해 볼게요."

"논의한다고 상황이 달라질 것 같지는 않습니다만……."

"백작님답지 않게 왜 그러세요?"

자신 없이 어깨를 늘어뜨리던 슈타들러 백작은 단박에 날아든 타박에 고개를 들었다.

아렌트는 백작과 똑바로 눈을 마주치며 또박또박 한 글자씩 말했다.

"백작님, 따라 해 보세요."

"예?"

"해서 안 되는 건 없다."

"……."

"……."

텅 빈 공간에 쓸데없이 귀에 잘 들어오는 미성이 웅웅 울려 퍼졌다.

"안 되면 되게 한다."

"……."

"방해꾼은 상대가 그 누구든, 멱살을 잡아서라도……."
"야, 야야, 야야야야!"
"잠깐만요! 잠깐만요, 아렌트 경!"
아서와 백작이 동시에 기함을 터뜨리며 그의 입을 막았다.

사방에서 날아드는 공격을 상체를 휙, 숙이는 것으로 간단히 피한 아렌트가 한 걸음 사뿐히 뒤로 물러섰다.

"어쨌든, 그런 마음가짐이어야 한다고요."

"그래도 상대는 좀 골라야지! 지금 당장 신전에 시비라도 걸겠다는 거야, 뭐야?"

"전 그렇게까지 말 안 했는데요. 선배, 설마 신전에 시비 거실 생각이셨어요? 그렇게 안 봤는데 제법 용감하시네요."

"너 진짜 뒈지고 싶냐?"

"아, 아서 경! 진정하세요. 일단은 진정하시고……."

발광하기 시작한 아서를 달래느라 땀을 뻘뻘 흘리는 슈타들러 백작을 뒤로하고, 아렌트는 다시 몸을 돌려 빛의 벽화를 올려다보았다.

뭐, 그리 쉽게 말할 수 있는 건 아니지만…… 대신전의 일인자가 테오도르 대신관인 이상 언젠가 한번쯤은 부딪혀야 할 일이었다.

연구에만 정신이 팔려 세상 물정에는 어두운 슈타들

러 백작마저 이런 걱정을 하는 것을 보아하니, 대다수 사람이 테오도르 대신관을 어떻게 인식하는지도 충분히 알 만했다.

애초에, 처음 발견된 신전을 은폐하겠다는 것만으로 대신관의 입장은 이미 충분히 전달된 것과 마찬가지였으니까.

광산에서 빠져나온 그들은 다시 작은 회의실에 모여들었다.

이동하는 사이 생각을 마친 아렌트가 운을 뗐다.

"백작님, 자료는 준비해 두셨죠?"

"네. 연합 쪽에 갈 자료는 미리 다 구비해 두었고, 조만간 클로에 편으로 보낼 예정입니다. 그리고 이건 경께서 가지고 계십시오. 하나는 황태자 전하께 부탁드립니다."

슈타들러 백작은 품에 소중히 지니고 있던 영상 기록석 두 개를 아렌트에게 건네주었다.

"아까 그 벽화를 기록한 겁니다. 다른 것들과는 달리 온전한 마정석을 사용해 만든 거라 사용 횟수도 제한이 없습니다."

"넵, 전달해 드릴게요."

그것들을 건네받은 아렌트는 다시 슈타들러 백작을 보았다.

"노파심에 한 번 더 여쭤보는 거지만, 네펠레 왕국에

나타난 드래곤과 아까 그 벽화 건에 관해서는 클로에 씨 말고는 아무도 아는 사람이 없는 거죠?"

"네, 보안에는 최선을 다하고 있습니다."

"넵, 그 부분은 백작님께서 어련히 알아서 하셨으리라 생각해요."

손안에서 영상 기록석을 몇 차례 굴려 보던 아렌트가 아서 쪽을 보았다.

그와 시선을 마주친 아서가 가볍게 고개를 끄덕였다.

* * *

백작이 준비해 준 식사를 즐긴 뒤, 아서와 아렌트는 연구원들이 직접 안내해 주겠다는 호의도 마다하고 각자 함께 산책에 나섰다.

"밤 되니까 좀 추운데."

"그거 다 정신력이 부족한 겁니다."

"넌 싸가지가 부족하고."

"그게 제 매력이죠."

"넌 그 헛소리나 좀 어떻게 해 봐."

티격태격하면서 광산 주변으로 늘어선 건물들 사이사이를 느긋하게 걷자니, 아직도 불이 안 꺼진 연구실들이 제법 눈에 들어왔다.

아무래도 그들의 하루가 끝나려면 앞으로도 한참이나 더 걸릴 것 같았다.

오랜만에 검까지 내려놓은 가벼운 발걸음이었다.

두 사람은 불이 켜진 곳을 피해서 어두운 쪽으로 걷기 시작했다.

"네 방에는 몇 명 있었는데?"

"두 명이요. 선배는요?"

"한 명. 역시 나보다는 네 쪽에 훨씬 흥미가 있는 것 같다."

그래도 떨거지들뿐이라 다행이었다. 덕분에 두 사람은 이런 식으로 라이오스 흉내를 낼 수 있으니까.

건물 뒤편, 으슥한 곳으로 접어드는 순간, 아서는 손을 뻗어 그림자에 숨죽이고 있던 누군가의 멱살을 잡아챘다.

"흐아아악!"

어둠에서 불쑥 튀어나온 누군가가 비명을 질렀지만 그것도 잠깐뿐이었다.

몸을 돌려 그대로 도망치려던 나머지 한 놈도 일격에 기절시킨 아서는, 멀찍이 튀었던 놈들의 뒷덜미를 붙잡아 질질 끌고 오는 아렌트 쪽을 보았다.

"어처구니가 없네. 이런 비리비리한 놈들로 정보를 캐려고 했다고?"

"저희가 방문할 거라는 건 미처 몰랐겠죠. 어느 정도 전문 지식이 있는 놈들을 잠입시켜야 정보를 빼내든 뭐든 할 수 있을 테고."

결국, 슈타들러 백작의 연구실에 보낼 수 있는 첩자로는 백작과 비슷하게 비리비리한 연구원들 이외에는 선택지가 없었을 것이다.

"그래도 백작님 말씀처럼 보안을 확실하게 한 것 같네요. 기껏 숨어들어서 하는 짓이 엿듣기 정도라니."

아무래도 핵심 인력에는 전혀 침투하지 못한 것 같았다.

"한 바퀴만 더 돌죠. 아직 저쪽에서 기척이 느껴지는데."

"오른쪽 뒤에도 있어. 귀찮아 죽겠네."

역시 밤 산책은 언제나 보람찼다.

사로잡은 수확물들을 꽁꽁 묶어 슈타들러 백작 앞에 배달해 주자, 두 사람은 당황한 기색을 차마 숨기지 못했다.

"역시 간자(間者)가 있었군요. 짐작은 했습니다만……."

"어설프게 움직이는 걸 보니 뭐라도 얻어 내고 싶은 귀족들이 보낸 것 같은데요."

슈타들러 백작이 곤혹스럽게 중얼거리자 아렌트가 고개를 까닥였다.

"아마 중요한 정보는 빠져나가지 않았을 테지만, 한 번쯤 전수 조사는 해 보세요. 분명 몇 명 더 있을 거예요."

"감사합니다. 그러겠습니다."

"아, 그리고 한 가지 더."

"……?"

"백작님. 백작님이 보기보다 순진한 분이 아니라는 거, 전 잘 알아요."

연신 고개를 숙이던 백작은 아렌트의 뜬금없는 말에 의아한 얼굴이 되었다.

그와 시선을 마주친 아렌트가 씨이익, 미소 지었다.

"배후를 알아내는 것쯤이야, 어렵지 않은 일이죠?"

"……."

현재, 슈타들러 백작은 순박하고 약간 어설픈, 연구에만 몰두 중인 학자라는 이미지가 강했다. 하지만 본성은 어디 안 간다고, 분명히 속에는 독한 면모가 남아 있을 것이다.

견습 기사의 속마음을 알아차린 슈타들러 백작이 굳은 얼굴로 고개를 끄덕였다.

"제게 맡겨 주십시오. 알아내는 대로 보고하겠습니다."

"좋아요, 부탁드릴게요."

아렌트가 만족스럽게 고개를 끄덕였다.

아직까지 확실한 건 아무것도 없었지만…… 기절한 채

쭉 뻗은 저놈들이 무언가의 실마리가 되어 줄 거란 직감이 들었다.

겸사겸사 한 사람의 본성도 일깨워 주고.

"일이 잘 안 풀릴 때는 가끔 환기도 시켜야지, 참으면 화병 납니다. 건강에 안 좋아요."

"넌 좀 제발 참아."

아서가 옆에서 투덜거렸지만, 당연히 무시했다.

*　*　*

다음 날 오전.

볼일도 모두 마친 마당에 굳이 오래 머물 필요가 없어, 두 사람은 아침 일찍 채비를 마치고 연구실 밖으로 나섰다.

백작과 클로에의 배웅을 받으며 광산을 벗어난 두 사람은 연합이 있는 곳을 향해 느긋하게 말을 몰기 시작했다.

"진짜 그냥 내버려 두고 와도 괜찮은 거 맞아?"

"알아서 하시겠죠. 저희가 끼어들면 일만 더 복잡해져요."

아렌트가 태평하게 대답했다.

"아시겠지만 선배도 당분간 입 다물고 계세요. 단장님께는 제가 보고드릴 테니까."

"그 의견엔 동감이다. 그냥 아무것도 못 본 셈 치려고.

골치도 아프고. 사실 이것저것 이야기하고 싶은 게 많긴 한데……."

말끝을 흐리며 아서는 뒤를 힐끗 돌아보았다.

원래도 통행이 잦은 길은 아니라 인적이라고는 전혀 보이지 않았다. 하지만 그럼에도 미묘하게 신경에 거슬리는 이 기척은…….

"……걍 냅둬?"

"전 아무것도 모르겠는데요. 개고생하며 따라오든지 말든지, 알아서 하라고 해요."

"……."

역시 이놈은 실망시키는 법이 없다.

잠깐 고민하던 아서는 그냥 동조하기로 마음먹었다. 사서 고생하는 거야 뭐, 저 사람들 사정이고.

그러자 분명 아무것도 없던 길모퉁이에서 두 사람이 불쑥 튀어나왔다.

"야 이, 나쁜 새끼들아!"

"눈치챘으면 그렇다고 말을 해야 할 것 아냐?!"

라이더와 글렌이었다.

기껏 기척을 숨긴 것도 의미 없이 급하게 말을 몰아 이쪽으로 달려오는 두 선배를 힐끗 본 아서가 한숨을 푹, 내쉬었다.

"저 사람들도 옛날에는 저러지 않았는데……."

옛날과는 달리 위엄이라고는 눈을 씻고 찾아볼 수 없는 바보 둘…… 아니, 선배 둘을 지켜보자니 가슴이 답답해질 지경이었다.

 어째 누군가가 활개 치기 시작한 이래로 3기사단 전체에 나쁜 물이 퍼지는 것 같다.

 정작 원흉인 아렌트는, 허겁지겁 말을 재촉하는 두 사람을 일별하고는 기다려 주는 것도 없이 느긋하게 말이나 몰았지만.

"날씨 좋네요."

 ……이런 말이나 지껄여 대면서.

 마지막 남은 양심으로, 잠깐 그 자리에 멈춰 서서 선배들을 기다려 주던 아서는 짧게 탄식을 흘리며 하늘을 올려다보았다.

 아무래도 남은 여정은 좀 더 소란스러워질 것 같았다.

* * *

 딱히 기대한 것도 아니지만, 아렌트는 왜 따라왔는지조차 물어보지 않았다.

 결국 분통이 터지는 쪽은 글렌과 라이더뿐이었다.

"무려 휴가까지 반납하고 따라와 줬는데 고맙다는 말도 안 하냐?"

"야영까지 했는데, 이 건방진 자식들. 알고 있었으면 미리 말을 하든가. 그랬음 쓸데없이 고생도 안 했을 거 아냐?"

"진짜 쓸데없긴 해요."

"아아아악!"

차라리 닥치고 있으면 될걸, 굳이 한마디를 덧붙여서 선배들의 속을 뒤집는 아렌트나, 매번 긁는 대로 발광하는 선배들이나 아서 눈에는 비슷해 보였다.

'그냥 걱정된다고 솔직하게 말하면 될걸.'

하지만 그런 말을 꺼내지는 않았다. 자신이라도 그건 목에 칼이 들어온다고 한들 입 밖에 내지 않을 테니까.

그렇게 라이더와 글렌은 연합에 도착할 때까지 투덜거림을 멈추지 않으면서도 열심히 뒤를 따라왔다.

덕분에 날벼락 맞은 기분이 된 건 다름 아닌 연합장인 헨리였다.

"그……."

종업원이 가져다준 차를 우아하게 홀짝이는 아렌트와, 그 맞은편에 앉아 고개를 꾸벅 숙이며 인사를 건네는 아서, 그리고 누가 봐도 심기가 불편해 보이는 기사 둘.

누가 보더라도 별난 조합이었다.

대낮부터 쳐들어와서 손님인 척 테이블 하나를 떡하니 차지한 채 옹기종기 둘러앉은 3기사단의 기사들을 보며,

헨리는 잠시 멈칫할 수밖에 없었다.

하지만 다년간 귀족가 자제로 살아온 짬은 어디 안 가는지 금세 표정을 갈무리하고 생글생글, 사람 좋은 미소를 지었다.

"아렌트 경과 아서 경만 방문하신다고 들었습니다만…… 다른 두 분도 함께 오셨군요. 라이더 경과 글렌 경이셨지요? 칸 연합 찻집에 오신 것을 환영합니다."

"이 사람들은 휴가차 온 거라고 하니 신경 쓰지 마세요. 그냥 비싼 거 내주시고 돈이나 뜯어내시면 됩니다."

"뭐야?"

"제가 틀린 말 했습니까?"

글렌이 발끈해 으르렁거렸지만 아렌트는 태평하기만 했다.

"하하…… 차는 어떠십니까? 나름 최상품으로 골랐습니다."

"좋네요. 과자도 그렇고."

"마음에 드신다니 다행입니다."

빈말이 아니었다. 위장용이라고 말하기에는 아까울 정도로 찻집 내부는 훌륭했다.

2층짜리 큰 건물을 통째로 사용하고 있었는데, 이미 입소문도 제법 탄 건지 손님들도 꽤 있었고, 차와 다기를 전시한 매대도 깔끔하게 마련되어 있었다.

이곳저곳에서 서로 흥정을 하는 상인들마저 보였으니, 차 연합이라고 칭하기에 충분했다.

아서 역시 같은 것을 느꼈는지 헨리에게 넌지시 말을 걸었다.

"장사가 잘되시나 봅니다, 공자님."

"진즉에 독립해서 사업을 시작할걸 그랬다는 생각을 몇 번이나 했습니다. 아무래도 저는 이런저런 공무보다 이런 쪽이 더 잘 맞는 것 같습니다. 필요한 게 있으면 주저 없이 말씀해 주세요. 물론 값은 치르지 않으셔도 괜찮습니다."

"호의 감사합니다."

글렌과 라이더가 고개를 꾸벅 숙이며 화답하자, 찻잔을 내려놓은 아렌트가 자리에서 몸을 일으켰다.

헨리가 눈치 빠르게 뒤로 한 발짝 물러서며 제안했다.

"앗, 아르크스는 안쪽에서 업무를 보고 있습니다. 같이 가 보시겠습니까?"

"쯧."

그 사람 얼굴을 보는 게 즐거울 리는 없지만, 일단은 황태자의 명령이라니까.

헨리는 그를 2층으로 안내했다.

인적이 드물어지자 이제는 연합장이 된 헨리가 입을 열었다.

"근처 상인들이 많이들 화답해 줘서 다행입니다. 덕분에 영업에도 문제가 없어요."

"그래 보입니다."

이 정도면 아무도 이 연합의 정체를 의심하지 않을 테니, 겉보기용 장사에 공을 들인 보람은 충분했다.

게다가 자체적으로 운영 자금까지 마련할 수 있을 테니까.

"글렌 경과 라이더 경은 자세한 사항까진 모르시는 눈치였습니다만."

"아서 선배, 리히트 선배까지만 알아요."

"그런데도 굳이 여기까지 함께 오신 거군요. 사이좋아 보입니다."

"농담이시죠?"

"아니요, 진심입니다."

곧장 돌아온 퉁한 대답에 헨리가 작게 웃음을 터뜨리고는 문 앞에 멈춰 서 똑똑, 노크했다.

"아르크스, 아렌트 경을 모셔 왔는데."

우당탕!

"크억!"

방 안에서 뭔가가 거창하게 넘어지는 소리가 터져 나왔다.

아렌트가 꺼림칙하게 중얼거렸다.

"……왜 저래요?"

"사실 아르크스한테는 경이 온다는 걸 말 안 했거든요.

도망칠까 싶어서."

"공자님도 은근슬쩍 성격 나쁘신 거 아십니까?"

"아렌트 경에 비할 바는 아니지요."

한참을 허우적대는 소리가 들리다 간신히 문이 열렸을 때, 아르크스는 아무 일도 없었다는 것처럼 멀끔한 모습으로 나타났다.

하지만 뒤로 보이는 넘어진 의자와 쏟아진 문서 더미까지 숨겨지는 건 아니었다.

팔짱을 낀 아렌트가 차가운 눈으로 그를 머리부터 발끝까지 훑어보았다.

"뭐 대단한 사람 오셨다고."

"……미안하군."

무표정 아래에서도 아르크스는 미처 민망함을 숨기지 못했다.

노골적으로 한심하다는 눈빛을 보내던 아렌트는 그를 밀치고 사무실 안으로 들어갔다.

말끔한 찻집과는 달리, 아르크스의 집무실은 온갖 서류와 서적들로 가득 들어차 있었다.

"이게 다 뭐예요?"

"연합 운영에 필요한 것들. 넌 신경 안 써도 된다."

"어디 한번 진행 사항이나 보고해 보세요. 황태자 전하께 뭐라도 말씀드려야 하니까."

"……."

"……."

들을수록 적응 안 되는 말본새였지만, 거기에 대고 두 사람이 뭐라 지적할 수 있을 리 없었다.

황태자가 시켰다는데.

결국 아르크스는 모든 것을 다 포기해 버리고는 고개를 절레절레 내저었다.

"지하에 창고를 짓고 있다. 2층에 있는 계단으로만 출입할 수 있고, 헨리와 나만 이용할 수 있게 될 거야."

"기타 등등은요?"

"노이만 상단의 도움을 받았다. 상단주님이 고르고 고른 인선들만 동원했고, 그마저도 조를 짜서 교대로 투입해 서로 무슨 작업을 하는지도 알 수 없게 했다."

"이스트 금고와 비슷한 창고입니다만, 보안은 그보다 훨씬 더 신경 썼습니다. 완공된다면 개미 한 마리 드나들 수 없을 겁니다."

헨리 역시 옆에서 거들었다.

"일손은 조만간 슈타들러 백작님께서 연구원들을 파견해 주신다고 하니, 그쪽을 기다릴 생각입니다. 만약 현장 조사원이 필요하게 되면 여행을 좋아하는 왕자님의 연줄을 빌리기로 했습니다. 더 이상 인원을 늘리는 것보다는 그러는 편이 안전할 테니까요."

"그리고요?"

"그리고 지금은 르웰린 왕자님과 슈타들러 백작님이 보내 주신 자료들을 필사하고 분류하는 작업을 하고 있습니다."

아르크스 주변에 가득 쌓인 서류 더미들이 바로 그것이었다.

역시 헨리는, 아니, 이 두 사람은 유능했다.

아버지의 그림자에서 평생 수하 노릇을 하는 것보다는 이쪽이 더 잘 어울리기도 했고.

연합이 제 기능을 하게 된다면 슈타들러 백작의 연구소나 황궁에 변고가 생기더라도 비상시에 이용할 수 있는 거점으로서 유용할 테지.

아렌트가 만족스럽게 고개를 끄덕였다.

"꽤 괜찮네요."

"아렌트 경께서는 어떠십니까? 듣자 하니 큰일이 벌어졌다면서요."

"평소랑 비슷하죠."

아렌트 폰 에크하르트의 배역을 맡은 뒤로부터 단 한순간도 평화로웠던 적은 없었으니까.

그 담백한 대답에 헨리가 어쩔 수 없다는 웃음을 흘렸다.

"그렇겠지요. 아, 그리고 노이만 상단의 정보상 지부가 이 근처에서 영업을 시작한다고 합니다. 그렇게 되면 더욱 연계가 쉬워질 테니 기대하셔도 좋을 겁니다."

"고용주는 제가 아니라 황태자 전하입니다. 저한테 기대하라고 하셔도. 뭐, 전달은 잘 해 드리겠습니다. 그보다 수상한 사람은 없었어요? 백작님 쪽 연구실에는 날파리가 몇 마리 날아다니던데."

아렌트가 자연스레 화제를 돌렸다.

"몇몇이 방문하긴 했습니다. 아르크스와 제가 새로 사업을 시작한다고 하니 신경이 쓰였겠지요. 하지만 차만 마시다 돌아갔습니다. 다만 조금 신경 쓰이는 것은……."

말끝을 흐린 헨리의 시선이 아르크스를 향해 닿았다.

아르크스가 조용히 하라는 듯 인상을 구겼지만 아렌트의 촉을 피해 갈 수는 없었다.

"에크하르트 백작님입니까?"

친아버지를 말하면서도 마치 남을 지칭하듯 덤덤하기만 한 어조에 아르크스의 표정이 흐려졌다.

"몇 번이나 사람을 보내시더군. 별일 없이 돌아가긴 했지만."

"그건 좀 짜증 나네요."

아렌트가 대놓고 황태자에게 충성 서약을 했고, 아르크스는 제 동생 일로 마찰을 빚어 영지에서 뛰쳐나왔으니 제법 속이 탈 것이다.

"아버지는…… 이 연합이 황태자 전하의 명령으로 설립

된 곳이라는 것을 눈치채실지도 모른다. 노출될 일은 없겠지만, 정황상으로는 그리 보셔도 이상하지 않을 테지."

"왜요. 사랑하는 아들이 벌인 사업장이 궁금하셨을 수도 있지."

"……진심이냐?"

"농담인데요."

"……."

잠시 가벼운 고민을 하던 아렌트는 다시 고개를 들어 제 형을 보았다.

"두 분 생각은 어때요? 에크하르트 백작님은 독립한 아들을 상대로 돌발 행동을 하실 만한 분입니까?"

"……."

"……."

헨리와 아르크스는 퍼뜩 대답하지 못했다.

그것으로 이미 답은 충분했다.

"알겠습니다. 그럼 나중에 무슨 일 생기면 연락 주세요."

"다른 방법이 있나?"

"부친께서 상황 파악도 제대로 못 하고 낄 곳 못 낄 곳 구분 못 하신다는데…… 절연당했더라도 일단은 핏줄로 이어진 이 잘난 아들이 나설 수밖에 없잖습니까. 그동안 아버지의 인형처럼 살던 장남은 아무짝에도 도움이 안 될 테고."

"……."
"……."
숨 쉬듯 흘러나오는 패륜 발언에 둘은 정신이 아득해질 지경이었다.
아렌트의 말을 간단히 번역하자면 아마 이럴 것이다.

자신이 끼어들어서 개판 만들기 전에 알아서 처신 잘해라.

입만 한참을 달싹이던 아르크스가 간신히 침착함을 되찾고 말했다.
"……일단 최대한 알아서 해 보겠다."
"당연히 그러셔야죠."
순식간에 꼬리를 내린 아르크스와, 건성으로 고개를 끄덕이는 아렌트를 번갈아 보며, 헨리는 어색한 웃음을 흘릴 수밖에 없었다.
아렌트가 들으면 분명 질색할 테지만, 저 형제는 의외로 죽이 잘 맞는지도 모르겠다는 생각이 들었다.

* * *

분명 둘을 보냈는데 네 명이 돌아온 상황에도 라이오스는 별로 놀라지 않았다.

다만 한마디를 덧붙였을 뿐이었다.

"넷 다 고생했다."

자신들이 낸 휴가도 파견으로 처리되어 있는 것을 확인한 글렌과 라이더는 다소의 머쓱함을 가지고 저마다 방으로 복귀했다.

그리고 아렌트는 라이오스의 집무실로 들어가 파견의 성과를 보고했다.

견습 기사의 말이 이어질수록 라이오스의 얼굴이 차게 가라앉았다.

"……그렇군. 체르니온을 모시던 드래곤의 소유라고. 숨어 있었다던 첩자들은?"

"백작님이 알아서 하실 겁니다. 배후를 제대로 밝혀내면 이쪽에도 알려 주시기로 했으니 잠시 기다리면 되겠죠. 연합 쪽은 신경 안 쓰셔도 됩니다."

"하지만 에크하르트 백작님이 움직임을 보였다는 건 그리 좋은 징조는 아닌데."

"알아서 하겠습니다."

"그럴까 봐 걱정하는 거다."

그렇게 말하는 단장의 어조는 어째선지 살짝 질려 있는 것 같았다.

하지만 그 속을 알 리 없는, 알아도 전혀 상관하지 않는 견습 기사는 어깨를 으쓱할 뿐이었다.

"형제가 쌍으로 이러는 걸 보니 패륜도 유전이겠죠. 다 업보입니다."

"……그으, 일단은 알겠다. 아르크스 공자께 맡기지. 연구실도 정리되었다고 하니, 지금 신경 써야 할 부분은 광산이겠군."

"넵, 그렇죠. 그 전에 단장님들의 생각이 어떤지 먼저 여쭤보고 싶은데요. 사담을 나누는 차원에서."

"사담?"

라이오스가 의아하게 되묻자 아렌트는 고개만 대충 까닥여 주었다.

"지극히 개인적인 의견을 묻는다는 겁니다."

"말해 봐라."

"절대선이라는 걸 믿으십니까?"

"……."

뜻밖의 질문에 단장은 한순간 말문이 막히고 말았다.

하지만 그것도 잠시, 라이오스는 진지하게 고민하기 시작했다.

"……한 명의 인간으로서, 그리고 기사로서 추구해야 할 바라고 생각한다."

지극히 라이오스다운 대답에 쯧, 혀를 찬 아렌트가 질문을 바꿨다.

"그렇다면 본인이 절대선이라고 믿어 의심치 않는 사

람은 어떻게 생각하십니까?"

"옳은 것을 추구하려면 끊임없이 자신을 의심하고 또 의심해야 한다."

이번에는 한 치의 틈도 들이지 않고 답이 돌아왔다.

"그렇다면 윗사람이 스스로를 과신하는 사람이라면 어떻습니까? 그것 때문에 자꾸 실수가 벌어진다면?"

"충언을 올려야겠지."

"그런데도 말을 안 듣는다면?"

"들으실 때까지 충언을 올릴 거다."

담담하게 대꾸하는 라이오스의 굳은 낯에서 특유의 고집이 느껴졌다.

어떻게 보면 라이오스 역시 상당히 윗사람에게 미움받는 성격의 소유자라고 할 수 있었다. 기사단장이 될 때까지만 해도 튀어나온 돌 취급당하며 숱하게 박해받았으니까.

그런 성정이니 지금 아렌트가 구상 중인 시나리오에 선뜻 응해 줄지도 몰랐다.

"제가 지금 누구 이야기를 하는지는 아실 테죠?"

"이미 짐작하고 있다만, 정말 솔직하게 말하자면…… 모르고 싶은 기분이다."

라이오스가 앓는 소리를 내며 이마를 꾹꾹 눌렀다.

지난번에 생각했던 것처럼, 아무래도 단장들 역시 테오

축복은 얼어 죽을 〈59〉

도르 대신관을 골치 아파하는 건 마찬가지인 듯 보였다.

테오도르 대신관은 한 사람의 인간, 혹은 지도자이기 전에 루체 신의 첫 번째 시종이었다.

대신관이 두 발을 딛고 선 곳은 속세와는 한참 멀어진 성역인 것이다.

"일단은 여쭤보겠지만, 대신관님을 설득할 수 있습니까?"

"글쎄, 쉬운 일은 아니겠지."

"그러면 슈타들러 백작님이 발견하신 벽화에 어떻게 반응하실지도 짐작하십니까?"

"그래, 너와 백작님이 예측한 대로 흘러갈 가능성이 높지."

아예 폐쇄하거나, 아니면 파괴해 버리거나.

마정석 광산이야 막대한 이득을 내는 곳이니 설부르게 건들지는 않겠지만, 유적 조사 자체를 금지해 버릴 가능성은 있다.

슈타들러 백작에게는 그야말로 사형 선고와 마찬가지겠지.

"사실 그뿐만이 아닙니다. 지금 우리가 사용하는 아티팩트도 존재가 알려지면 나중에 문제가 되겠죠. 체르니 온교의 성물이었다는 걸 알게 되시면 당장 폐기 명령이 떨어질지도 모릅니다."

"으음……."

단장의 입에서 침음이 흘렀다.

아티팩트를 소지한 적들이 있고, 지금껏 말살한 적들에게서 그것을 수거했다는 건 공식적으로 발표된 사항이었다.

하지만 그것을 현장에서 사용한다는 것은 아직 비밀에 부쳐지고 있었고, 신전 측에서 그 사실을 아는 사람은 오직 루미엘 신관뿐이었다.

결국 라이오스는 관자놀이를 꾹꾹 짚으며 물었다.

"대충 알 것 같지만, 일단은 확인하는 차원에서 묻겠다. 테오도르 대신관님을 설득하고 싶나?"

"희망 사항이 아니라 필수적인 겁니다. 그렇지 못한다면 나중에는 문제가 생길 게 분명해요."

데클란 신관의 일부터 벌써 몇 차례나 테오도르 대신관과 마찰이 생기고 있으니, 더 이상 사태가 불거지기 전에 무슨 수를 써야 했다.

"지금 당장 적이 어디에서 튀어나올지 모르는데, 조사부터 방해받으면 곤란합니다. 황궁이랑 신전끼리 아웅다웅하다가 갑자기 드래곤이 나타나서 죄다 불살라 버리면요? 숨죽이고 있던 놈들이 일제히 들고일어나서 반란이라도 일으키면?"

라이오스는 심란하게 아렌트를 응시했다.

황금색 눈동자는 이런 엄청난 말을 내어놓으면서도 무서울 만큼 차분하게 가라앉아 있었다.

"당장 드래곤이랑 체르니온교 조사는 르웰린 왕자님이랑 슈타들러 백작님이 착수 중이니, 우리는 그 앞의 걸림돌을 우선 해결해야 해요."

일견 충동적이고 제멋대로인 것 같지만, 아렌트 저놈은 의외로 늘 신중했다.

방식이 과격할지언정 취하는 행보는 분명히 모든 경우의 수를 따져 보고 최선의 결과를 가져올 수 있는 곳을 향한다는 것을, 라이오스는 잘 알았다.

감히 대신관의 뜻을 거스르는 것도 불사하겠다는 발언 역시 반드시 필요하기 때문에 입에 담았을 터.

체르니온교며 드래곤, 이종족 등 온갖 문제가 산재한 가운데, 가장 급하게 해결해야 할 일이 바로 대신전 건이라고 판단한 것이다.

한참을 침묵하던 단장이 천천히 입을 열었다.

"……알겠다. 우선 다른 단장님들과 논의해서 테오도르 대신관님께 청을 넣어 보겠다. 레베카의 성에 봉인된 체르니온의 신전. 그곳을 조사할 수 있게 허가를 구하는 방향으로."

그거라면 큰 의심 사지 않고 테오도르 대신관을 떠볼 수 있을 것이다.

아렌트가 고개를 끄덕였다.

"그러면 일단은 기다릴게요."

"나도 하나 묻겠다만. 만약에 테오도르 대신관께서 불응하신다면 어쩔 셈이지?"

"글쎄요, 일단 상황을 보고 결정해야죠."

"그냥 넘어가지는 않겠다는 뜻이군. 알겠다. 최대한 노력해 보겠다. 황실 기사단의 세 단장이 한꺼번에 청원을 올린다면 테오도르 대신관님도 무시하지는 않으시겠지."

"글쎄요, 과연 그럴까요."

굳은 의지가 담긴 말에 다소 회의적인 대꾸가 돌아왔다.

잠깐 침묵하던 라이오스는 화제를 돌려 버렸다.

"심부름이나 해라. 다이아나 경과 켄드릭 경께 회의가 필요하다고 전해. 시간과 장소는 두 분께 맞춰 네가 알아서 정한 뒤에 나한테 통보해."

"귀찮습니다. 멀쩡한 통신구 놔두고 왜 절 전서구로 쓰시는데요? 내가 무슨 비둘기도 아니고."

"종종 잊어버리는 것 같은데, 넌 아직 견습이다."

"그런데요?"

"온갖 일에 나서서 악신이나 드래곤 등등의 표적이 되는 것보다, 단장의 심부름을 하는 쪽이 네 원래 직분에 맞다는 뜻이지."

곧장 튀어나온 뚱한 목소리에 라이오스가 차분히 답했다.
그것 또한 썩 틀린 말은 아니라, 아렌트는 더 말을 붙이는 대신 어깨를 으쓱해 버렸다.

* * *

마침 켄드릭과 다이아나 역시 라이오스와 같은 의견이었던 듯, 단장들끼리의 협의는 생각보다 빠르게 이뤄졌다.
마지막으로 황태자의 허가까지 받으며 한층 더 힘이 실린 청원서는 곧장 대신전으로 향했다.
아렌트가 단장과 말한 내용 그대로, 이전에 발견된 체르니온교의 신전을 좀 더 면밀히 조사하고 관련 내용을 한정적으로나마 발표할 수 있게 해 달라는 거였다.
청원서를 수신한 대신전은 의외로 잠잠했다.
그리고 채 이틀도 지나지 않아 라이오스와 단장들은 답장을 받을 수 있었다.
멋들어진 필체로 쓰인 긴 인사말과 의례적인 신의 말씀, 그리고 체르니온교 탓에 어지러운 제국의 현황을 걱정하는 말끝에 덧붙여진 테오도르 대신관의 답은 이랬다.

유감스럽지만 루체 님을 모시는 첫 번째 종으로서, 그 청은 받아들이기가 다소 어렵습니다. 언제나 신성 제국 칼리온을 방비하는 그대들에게 루체 님의 축복이 함께하길.

그리고 그것을 라이오스에게 전해 들은 아렌트의 반응은 이거였다.
"축복은 얼어 죽을."
"……"
담백하고도, 노골적이면서, 참으로 불경스러운 한마디에, 회의실에 모여 앉은 단장들과 황태자, 그리고 황태자의 보좌관은 차마 뭐라 더 말을 잇지 못했다.
한참 만에, 가장 먼저 정신을 차린 황태자가 운을 뗐다.
"예상한 일이긴 하지만, 설마 이렇게 단칼에 거절하실 줄은 몰랐는데."
"설명은 지난번에 하신 것으로 충분하다, 라고 여기신 것이 아닐까요."
다소 곤혹스러운 듯한 켄드릭에 뒤이어 다이아나가 덧붙였다.
"루체 님의 영광에 누가 될 것이라고, 대신관님은 진심으로 그리 여기시는 것 같습니다. 닮은 외견에 밤의 신, 어둠의 신이라는 그 명칭까지 모두 다 루체 님을 위협하는 요소라고 생각하시는 거겠죠."

돌이켜 보면 지금까지 테오도르 대신관의 행보는 줄곧 그랬다.

처음 '부서진 심장의 검'의 정체가 까발려졌을 때도, 대신관은 그들의 존재를 인정하지 않으려다 루미엘 신관과 크게 의견 마찰까지 빚은 바 있었으니까.

"일단 일이 이렇게 됐으니, 뭔가 방도를 마련해야겠습니다."

"방도라고 거창하게 말할 것이 더 있어요?"

다시 입을 열었던 켄드릭은 한쪽에서 튀어나온 앳된 음성에 멈칫했다.

모두의 시선이 자연스럽게 아렌트에게 모였다.

단장들과 황태자의 눈길을 고스란히 받아 내며, 견습 기사가 덤덤하게 말했다.

"의견 마찰이 생겼으니 조율해야죠. 하지만 조율은 이미 물 건너갔고. 그렇다면 남은 건 분쟁밖에 더 있어요?"

"……말이 쉽지. 잘못하면 신전 전체를 적으로 돌리게 될지도 모를 일이야."

당장 칸타레스가 난색을 표했다.

그렇게 되면 정말 칼리온 제국에서는 발붙이고 살지 못하게 될지도 모를 일이었다.

하지만 아렌트는 조금 생각이 달랐다.

듣기 좋은 목소리가 조곤조곤 회의실 안에 새겨졌다.

"그건 테오도르 대신관님이 신의 대리인으로 있을 때만 가능한 일입니다. 물론 대신관 자리가 원래 그런 거죠. 루체 신을 대변하고 그 뜻을 행하는 상징적인 존재."

"무슨 말이 하고 싶은 거지?"

"자기 자신을 한번 돌아보세요."

답답함을 못 이긴 다이아나가 채근하자, 아렌트가 쯧 혀를 찼다.

"다른 분들도 마찬가지예요. 지금 여러분이 어떤 입장에 서서 말하는지 잘 생각해 보시라고요."

"……."

"지금 여기에 테오도르 대신관님을 신의 대리인이라고 생각하면서 이야기하는 사람이 어디에 있어요? 권력을 쥐고 있으면서도 융통성이라고는 쥐뿔만큼도 없어서, 사사건건 방해만 하는 완고한 노인 취급만 하고 있잖습니까."

"……."

상상을 초월하는 신성 모독적 폭언에 일동은 모두 얼어붙어 버렸고, 마침 같은 생각을 하고 있었던 제레온은 딴청을 피우기 시작했다.

얼어붙어 버린 상관들을 둘러보면서 아렌트가 덧붙였다.

축복은 얼어 죽을 〈67〉

"테오도르 대신관님은 신관이기 전에 한 명의 인간입니다. 당연히 판단을 잘못하실 수도 있으시죠. 그리고 권력을 쥔 사람이 잘못된 결정을 내린다면, 최선을 다해서 그걸 바로잡아야 하고요."

"……틀린 말이 아니라서 더 황당하군."

한참 만에 켄드릭이 헛웃음을 터뜨렸다.

아렌트의 심장 철렁하게 만드는 화법 뒤에는 언제나 합당한 근거가 따라붙고는 했다.

저놈이 얄미운 가장 큰 이유였다.

특유의 귀를 기울일 수밖에 없는 음성이 차분하게 이어졌다.

늘 그랬듯, 궤변으로 시작하는 저 견습 기사 놈의 이야기는 결국 모두가 설득당하는 것으로 끝나고 만다.

이마를 감싸 쥔 칸타레스가 괴로운 신음을 흘렸다.

다른 단장들 역시 상태는 비슷했다.

자꾸만 선을 넘나드는 저 견습 기사의 입을 틀어막아 버리고 싶긴 했지만, 그들을 진정으로 괴롭게 만드는 건 따로 있었으니…….

마음속 깊은 곳에서 저놈에게 동조하기 시작한 자신들이었다.

한숨을 푹, 내쉰 다이아나가 운을 뗐다.

"네 말은 알겠다. 하지만 너도 알다시피 쉬운 일이 아니야. 함부로 움직였다가는 오히려 이쪽이 곤란해질지도 모를 일이니, 제발! 아렌트 경, 얌전히 있어 줘. 우리가 좀 더 노력해 볼 테니."

"그것참 믿음직스럽네요."

"……."

"……."

"……."

대놓고 돌아온 빈정거림에 다이아나의 주먹이 부들부들 떨리기 시작했다.

하지만 언제나 그랬듯, 아렌트는 그저 뻔뻔하기만 했다.

그들은 뭐 어쩌라고, 라는 듯이 바라보는 견습 기사의 말간 낯짝을 한 대 치고 싶다는 충동을 겨우겨우 가라앉혀야만 했다.

* * *

방으로 돌아온 아렌트는 침대에 털썩 드러누워 상념에 잠겼다.

단장들과 황태자가 문제를 의식하게 만드는 것까지는 좋았다. 하지만 그렇다고 해서 뾰족한 수가 생길 것 같지는 않았다.

신앙심이며 지위, 이것저것 다 미뤄 놓고서라도 가장 방해되는 것은 테오도르 대신관이 가진 제국 내 입지였다.

'힘의 균형이 안 맞아.'

황태자와 기사단장들.

이 정도만 해도 막강하다고 할 수 있었지만, 상대는 대신관이었다.

'설마 이 정도일 줄은 몰랐는데.'

신전에 가만히 앉아서 고작 서신 한 통으로 이쪽 의견을 묵살할 거라고는 미처 예상하지 못했다.

적어도 회의를 소집하든, 설득하려고 하든 뭔가 움직임을 보일 거라고 생각했는데.

계속 이런 식이면 이쪽 역시 쉽사리 움직일 수 없다.

전쟁이 터지면…… 그래, 소설처럼 내전이 발발하고 제국이 불바다가 된 후에는 달라지겠지.

아렌트의 목표는 자신이 딛고 선 무대가 그 꼴이 나지 않도록 유도하는 거였다. 하지만 제국이 완전히 뒤집히기 전에는, 대신관은 계속 이런 식일 게 분명했다.

신전의 가장 깊은 곳에서 손짓 하나만으로, 자신의 마음에 들지 않는 것들은 죄다 안 보이는 곳으로 치워 버리려고 할 것이다.

일단은 그런 대신관을 자신 앞으로 끌어내야만 했다.

신의 이름 뒤에 꽁꽁 숨어 있는 이상 계속 이런 상황만 반복될 테니까.

그리고 아렌트는, 그럴 수 있는 방법을 한 가지 알고 있었다.

황태자도, 단장들도 알고는 있지만…… 너무나도 엄청난 짓거리라 아예 염두에도 두지 못하는 그런 방법이.

"……에이, 씨."

한참을 고민하던 아렌트가 벌떡 몸을 일으켰다.

지금 물불 가릴 때가 아니었다.

슈타들러 백작과 르웰린이 벌써 움직이기 시작했으니, 조만간 신전 측에서도 낌새를 알아차릴 것이다.

그렇다면 조사가 방해받는 것은 물론, 그들이 위협받을지도 몰랐다.

'간신히 제 역할에 맞는 자리에 밀어 넣어 놨는데, 그 꼴은 못 보지.'

더 이상 시간을 끌 수는 없었다.

종이와 펜을 꺼내 짧은 서신을 쓰고는 시종을 호출했다.

"시튼을 불러와. 에녹이랑 로지도 있으면 더 좋고."

"네, 금방 데리고 오겠습니다!"

대기하고 있던 시종이 후다닥 밖으로 뛰어나가더니, 얼마 지나지 않아 세 사람이 생활관으로 뛰어 들어왔다.

그들을 방 안에 들인 아렌트는 제일 먼저 반짝이는 은화를 작은 손 위에 몇 개씩 올려놓았다.

눈을 휘둥그레 뜨는 아이들에게 아렌트가 담백하게 말했다.

"부탁할 일이 있는데, 좀 어려울 수도 있어. 잘못하면 크게 혼날지도 모르고. 괜찮겠어?"

"많이 어려운 일이에요?"

로지가 동그란 눈을 몇 차례 깜빡이며 묻자 견습 기사는 간단히 고개를 끄덕였다.

"어렵다면 어렵고, 쉽다면 쉬운 일인데, 최대한 빨리 움직여야 해. 어때, 도와줄래? 성공하면 오늘 준 돈에서 두 배를 더 얹어 줄게."

세 사람은 마치 눈치를 보는 것처럼 서로를 돌아보았다.

하지만 고민은 그리 길지 않았다.

"할게요!"

"하겠습니다!"

"맡겨만 주세요! 돈은 두 배로 안 주셔도 돼요!"

입을 모아 말하는 소년 소녀들에게 피식, 웃어 준 아렌트는 몇 겹으로 봉인한 쪽지를 건네주었다.

"이걸 전달해 주면 좋겠어. 눈에 띄지 않게. 만약에 들키면 내가 시켰다고 말하고."

"어느 분께 가져다드리면 되나요?"

시튼이 마른침을 꿀꺽 삼키며 물었다.

손을 몇 번 까닥까닥해 아이들을 가까이 불러 모은 아렌트가 작은 목소리로 수신할 사람을 알려 주었다.

시종들은 한순간 그 말을 이해하지 못한 듯 멍한 얼굴을 했다가…… 잠시 후, 다들 얼굴이 새파래졌다.

　　　　　　＊　＊　＊

상상했던 것보다 어마어마했던 임무는 다행히도 어떻게든 성공시킨 것 같았다.

그날 밤, 시튼이 하얗게 질린 얼굴로 아렌트에게 답신을 가져다준 것이다.

"수고했어. 별일은 없었고?"

"네? 네…… 그런데……."

여전히 혼란을 감추지 못하는 시튼에게, 아렌트는 약속했던 돈이 들어간 주머니를 건네주었다.

"그랬다니 다행이네. 다른 두 사람이랑 공평하게 나눠 가지고."

"그, 그, 직접 건네드렸는데요! 어쩌다 보니까 그렇게 되어서……."

얼떨결에 돈주머니를 받은 시튼이 퍼뜩 정신을 차리고 횡설수설 말하기 시작했다.

"바로 그 자리에서 확인하셨는데……."
"기분은 어때 보이셨는데?"
"좋아 보이셨어요……."
"그럼 됐어. 가 봐."
아렌트가 손을 휘휘 내저었다.
명백한 축객령이었다.
오늘 했던 엄청난 모험을 더 이야기하고 싶은 것 같았지만, 시튼은 입을 꾹 다물고 고개를 숙여 인사한 뒤 후다닥 방에서 나가 버렸다.
문이 닫힌 뒤, 아렌트는 시튼이 전해 준 쪽지를 펼쳤다.
먼저 눈에 들어온 것은 자신의 글씨였다.

갑작스럽게 송구하지만, 따로 이야기 나누자고 하셨던 말씀은 혹시 아직 유효하십니까?

그리고 그 아래에 추가된 답변이 보였다.

본 궁의 후원에서 기다리겠네.

간결하기 그지없는 문구는 이쪽이 바라 마지않던 거였다.
이미 하루 일과가 끝난 꽤 늦은 시간, 생활관도 슬슬 조용해질 무렵이었다.

아렌트는 벌떡 자리에서 일어나 외투를 걸치고 잽싸게 바깥으로 빠져나갔다.

생활관 밖으로 나가자, 처음 보는 사람이 기다리고 있었다.

"모시러 왔습니다. 가시죠."

예상치 못한 마중에 잠깐 멈칫하려던 찰나, 말을 꺼낸 이는 한발 먼저 빠르게 걷기 시작했다.

멀어지는 안내자를 떨떠름하게 지켜보던 아렌트 역시 뒤를 따라 걸음을 옮겼다.

"……."

"……."

대화는 전혀 오가지 않았다.

밤에도 인적이 거의 끊이지 않는 황궁이었지만, 남자는 인적이 드문 곳만을 골라 그 누구의 눈에도 띄지 않게 아렌트를 안내했다.

그렇게 따라가던 아렌트는 곧 자신이 처음 보는 정원에 와 있다는 것을 깨달았다.

주변에서 시종의 기척도 거의 느껴지지 않았고, 단지 보이는 것은 아름답게 정돈된 나무들과 꽃, 그리고 한쪽에 조용히 자리 잡아 물을 뿜어내는 분수대뿐이었다.

아렌트가 주변을 두리번거리자, 남자가 두 번째로 입을 열었다.

"안쪽으로 가면 계실 겁니다."

그러고는 더 이상 함께 가지 않겠다는 듯, 그 자리에 우뚝 멈춰 서 버렸다.

낯선 곳을 잠시 둘러보다 남자에게 고개를 까닥 숙여 인사한 아렌트는, 혼자서 길을 따라 타박타박 안쪽으로 걸어 들어갔다.

시선이 닿는 모든 곳이 다 화려한 황궁의 다른 곳들과는 달리, 이곳은 소담하면서도 편안한 분위기였다.

분수대에서 졸졸졸 흐르는 물소리와, 단정하고 아담한 식물들, 그리고 바깥과는 달리 수수한 조각품이나 장식들이 그랬다.

얼마 더 걷자 불이 환히 밝혀진 온실이 눈에 들어왔다.

비가 와도 안에서 정원을 감상할 수 있도록 만들어진 공간인 것 같았다.

"하아……."

이게 맞나.

온실 안에서 일렁이는 한 인영을 본 순간 짧은 회의감이 들었다.

하지만 고민은 길지 않았다.

이미 엎질러진 물이고…… 지금 상황을 타파할 수 있는 건 딱 한 사람뿐이니까.

아렌트는 성큼성큼 걸음을 옮겨 온실 앞에 섰다. 그리

고 똑똑, 문을 두드리자 곧 대답이 돌아왔다.

"들어오게."

"실례하겠습니다."

문을 열고 들어가자 싱그러운 풀냄새와 훈훈한 온기가 동시에 훅, 끼쳐 왔다.

은은하게 밝혀진 촛대의 불빛이 식물들로 가득 찬 온실을 부드럽게 감싸 안은 가운데, 테이블에서 느긋하게 차와 다과를 즐기던 노인이 아렌트를 향해 미소 지었다.

아렌트는 가슴팍 위에 손을 얹고 단정히 허리를 숙였다.

"황실 제3기사단의 아렌트 폰 에크하르트가 황제 폐하를 뵙습니다."

"편하게 앉게. 그렇지 않아도 이제나저제나 기회를 기다리고 있었는데, 설마 이런 식으로 먼저 대화를 청해 올 줄은 몰랐어."

느긋하게 손사래를 친 황제, 필립 알 칼리온이 너털웃음을 터뜨렸다.

"이곳은 나만이 쓰는 정원이라 내 보좌관을 마중 보냈어. 무뚝뚝한 녀석이라 오는 길이 지루했겠군. 용서해 주게나. 자네와 따로 만나겠다는 것도 썩 마음에 들어 하지 않더군."

"당연한 반응이라고 생각됩니다. 폐하께서 기사단의

사고뭉치를 직접 만난다고 하시는데 당연히 반대할 수밖에요."

"경은 스스로에게 너무 박하군. 앉게."

아렌트는 황제의 권유를 거절하지 않고, 맞은편 자리에 앉았다.

불빛 아래에 황제의 얼굴이 더욱 잘 보였다.

이전 행사 때 마주했을 때보다 조금 더 젊어 보였다. 아마 마음이 편한 공간에 머물고 있어서일 거라고, 아렌트는 그렇게 추측했다.

세월의 흐름은 피하지 못했지만 깊고 새파란 눈동자에서는 은근한 장난기와 열기가 깃들어 있었다.

"어린 시종들에게 너무한 것 아닌가? 내 집무실 근처에서 우물쭈물하다 호위들에게 크게 혼날 뻔했다더군. 어쩐지 소란스러워서 직접 나가 보았더니 이미 그때는 울기 직전이었어."

"소란 피워서 죄송합니다. 하지만 제가 직접 찾아뵙는 것보다는 나을 것 같아서요."

"암, 그렇지. 자네가 찾아왔다면 아마 내 보좌관이 멀리 쫓아 버렸을 걸세."

신성 제국 칼리온의 주인, 황제를 직접 대면하는 것은 결코 쉬운 일이 아니었다.

보통이라면 거처에 접근하는 것조차 어려웠겠지.

하지만 아직 어린 데다가 황태자 직속 시종들이라면, 거기다 '그' 견습 기사 '아렌트'가 각별히 관심을 갖고 돌본다는 시종들이라면 이야기는 살짝 달라질 수 있었다.

최소한 무턱대고 쫓겨나지는 않을 테니까.

"어쨌든, 다시금 놀랐어. 언제 한번 이리 대화를 나눠 보고 싶었다만, 역시 듣던 대로 당돌하군. 황태자가 쩔쩔 맬 만도 해. 그리 심약한 녀석으로 키우지는 않았는데."

그 말을 듣던 아렌트는 격한 업무 뒤에도 따로 시간을 내어서, 보좌관과 최소한의 호위들마저 물린 채 자신에게 오롯이 시간을 내준 황제를 위해 약간의 재롱을 부리기로 했다.

칸타레스를 대할 때보다는 예의 바르게, 하지만 귀족들이 황제 앞에 섰을 때보다는 훨씬 가벼운 태도로.

"제가 너무 잘난 거라 어쩔 수 없는 일입니다. 그리고 황태자 전하께서는 황궁에서 곱게만 자라셨을 테니, 그러실 수밖에요."

"푸하하하! 그렇게 말하자면 경도 꽤 애지중지 자란 게 아닌가? 에크하르트 백작가의 소중한 차남이니."

고른 대사가 정답이었던 듯, 황제가 또다시 기분 좋게 웃음을 터뜨렸다.

"오랜만에 편히 대화를 나누니 즐겁군. 그래, 경은 거래를 좋아한다고 들었는데, 분명 나한테도 원하는 게 있어서 찾아온 거겠지."

여전히 웃음기를 매단 채, 일국의 군주는 입가를 매만지며 눈초리를 휘었다.

칸타레스의 것과 닮은 새파란 눈동자가 반달을 그리며 아렌트를 똑바로 향했다.

"아직 채 다 자라지도 않은 강아지가, 감히 칼리온 제국의 주인에게 뭘 요구하려고 이리 직접 찾아온 겐가?"

아렌트는 속으로 짧게 심호흡을 뱉었다.

큰불을 잡으려면 그 맞은편에 불을 질러야 한다고 했던가.

그러니 이건 맞불 작전이었다. 대신관이라는 커다란 구렁이를 굴 안에서 꺼내려는.

잠깐 뜸을 들이던 아렌트는 고개를 들어 똑바로 황제를 바라보았다.

"말씀하신 대로, 폐하께 부탁드리고 싶은 것이 있습니다."

2장. 옷으시면 됩니다

웃으시면 됩니다

 황제, 필립 알 칼리온은 청년을 가만히 마주 보았다.
 연회에서 처음 보았을 때도 느낀 바지만, 참 특이한 인상의 청년이었다.
 이렇게 가만히 지켜보고 있자면 젊은 연령이 믿기지 않을 정도로 차분하게 느껴졌다.
 얼핏 모든 것에 관심이 없는 것처럼 보일 정도로.
 무심하고 차가움을 겸비한 잘생긴, 혹은 아름다운 얼굴은 요란스럽기 그지없는 그간의 행보나 발언들과는 그다지 어울리지 않는 것 같기도 했다.
 칸타레스도 종종 말하곤 했다.
 어린 녀석이 시건방지기 짝이 없고, 무모하기라면 제국에서 제일가지만, 가끔씩은 무서울 정도로 차분하다고.

지금도 그랬다.

자신이 먼저 나중에 따로 이야기나 나누자고 한 건 사실이지만, 어느 정신 나간 녀석이 감히 시종 편에 쪽지를 들려 이 나라의 지존을 불러내는 짓을 하는지.

멍청한 녀석은 아니니 자신이 무슨 짓을 한 건지는 분명 잘 알 것이다. 그런데도 긴장감이나 두려움 하나 없이 부탁할 것이 있다는 말을 꺼내는 것을 보아하니…….

'내가 사람을 잘못 보지는 않았던 것 같군.'

인선에 까다로운 황태자가 매번 그리 욕을 해 대면서도 곁에 두는 이유를 알 것 같았다.

필립 황제는 흡족해졌다.

"그래, 사실 쪽지를 봤을 때부터 경의 용건이 뭔지는 대강 짐작했다네. 지금 이 제국에 황태자가 해결 못 할 문제가 그리 많지는 않으니."

주름진 손으로 턱을 쓸어내리며 황제가 짐짓 가벼운 어조로 운을 띄웠다.

"그리고, 일이 이렇게 된 데에는 일정 부분 나의 책임도 있고…… 사안이 사안인 만큼 지금까지의 무례는 없던 걸로 하겠네. 물론, 자네가 보낸 그 귀여운 시종들에게도 혼을 내는 일은 없을 걸세."

"책임이 있다는 말씀은?"

"말 그대로. 테오도르 그 친구를 대신관 자리에 앉힌

것은 나고, 황태자에게 대부분의 국정을 맡기며 뒷방으로 물러난 것도 나이니, 대신관을 견제할 수 있는 수단을 없애 버린 것도 나라고 할 수 있을 터."

거기까지 말한 황제는 잠깐 뜸을 들이다 말을 이었다.

"굳이 변명을 덧붙이자면, 이런 사태를 예상치 못했으니 내린 결정이었다네. 내가 일선에 있었을 때 제국은 평화로웠고, 내 아들이라서가 아니라 누가 봐도 황태자는 유능했지. 그 녀석은 정치적으로도, 군주로서도 큰 자질이 있어. 시기적으로는 조금 이르긴 하나, 문제없을 거라고 여겼네."

"그래도 지나치게 일찍 물러나신 감이 없지 않아 있습니다만, 까닭을 여쭈어도 괜찮으시겠습니까?"

이렇게 된 참에, 아렌트는 지금까지 궁금했던 것을 물어보았다.

비슷한 연령인 루미엘 신관과 테오도르 대신관이 아직 현역인 반면, 황제는 일찍감치 일선에서 물러나 황태자에게 많은 권한을 넘겨주었다.

황태자가 일찍이 귀족들을 장악하는 데 성공하고 비교적 큰 잡음 없이 권력을 잡을 수 있었던 것은, 황제가 자신의 존재감을 지우고서 많이 배려해 준 까닭도 있었다.

"허허. 나는 가장 평화로운 시절에 이 자리를 물려받아서, 그저 편하게 호의호식만 했지. 이런 사람이 오래 자리를 차지하고 있어 봤자 제국에 이로울 것은 없어."

필립이 주름진 손으로 턱을 쓸어내렸다.

"그리고 최근 벌어진 일들로 나의 판단이 옳았다는 것이 증명된 셈 아닌가. 사람은 각자 할 수 있는 일이 다르지. 평화를 유지하는 것은 내가 잘하는 일이지만, 난세를 이겨 내는 것은 젊은 황태자가 하는 편이 좀 더 낫지 않을까 싶네만."

"……그거, 결국 골치 아픈 일은 황태자 전하께 미뤄 버리셨단 말씀 아니십니까?"

"하하하! 역시, 자네는 본질을 잘 꿰뚫는군."

"웃으실 일은 아니라고 생각합니다만."

"크크크. 그래, 황태자는 유능하지만 아직 어리지."

껄껄 웃음을 터뜨린 황제는 장난기 드리운 눈으로 아렌트를 빤히 보았다.

"그래서, 경은 뒷방 늙은이를 다시 들쑤시고 싶은 모양이군."

"현재 낼 수 있는 가장 강력한 패가 있는데 안 쓰는 것도 뭐하니까요."

"허허. 감히 나를 수단으로 사용하겠다니. 이런 고얀 녀석을 봤나."

그렇게 말하지만 황제는 시종일관 즐거워 보였다. 이 건방지지만 유능한 어린 기사와의 대화가 그저 재미있기만 한 것 같았다.

 아렌트 또한 슬슬 깨닫고 있었다. 제가 마주하는 황제 역시 보통 인물은 아니라고.

 칸타레스에게서 가끔 보이는 괴짜 같은 면모가 누구에게서 왔는지 대충 알 것 같았다.

 그렇다면 이쪽이 취해야 할 행동 역시 '아렌트 폰 에크하르트' 그대로 충분할 것 같았다.

 "폐하께는 정말로 송구하지만, 나름대로 이쪽도 사정이 좀 급해서요."

 "전혀 송구하지 않은 얼굴로 송구하다고 말하면 내가 뭐라 대답해야 할지도 잘 모르겠네만. 어쨌든, 그래. 자세한 상황은 이미 전해 들었네. 황태자까지 나서서 탄원서를 넣었는데 그 친구가 묵살해 버렸다지?"

 장난스럽게 덧붙인 황제가 짐짓 진지한 어조로 화제를 돌렸다.

 "그리고 경은 내가 대신관을 설득해 주길 바라는 거겠지. 그렇지?"

 "그렇습니다."

 "흐음……."

 마치 고민하는 것처럼, 황제는 천천히 몸을 기울여 푹신한 의자에 등을 기댔다.

 황제의 움직임을 하나하나 살피던 아렌트의 미간이 살

짝 찌푸려졌다.

저건 분명 자신이 고민하고 있음을 보여 주려는 의도된 행동이었다. 어쩌면 시튼에게서 쪽지를 건네받은 순간부터, 황제의 머릿속에는 이미 정해진 답이 있었을지도 몰랐다.

그리고 아렌트의 예상은 역시나 보기 좋게 맞아떨어졌다.

장난꾸러기처럼 눈초리를 휘며, 필립 황제가 담백하게 물었다.

"그렇다면 자네는 나에게 뭘 해 줄 수 있지?"

"······거래를 말씀하시는 겁니까?"

"아까 말했다시피, 경은 거래를 좋아한다고 들었네. 칸과도 그런 식으로 연이 생겼다지. 나도 그 유희에 동참하고 싶네만."

가벼운 어조였지만 손자를 보는 것 같던 지금까지의 눈빛과는 사뭇 달리, 심유한 푸른 눈동자는 탐색하듯 아렌트를 살피고 있었다.

분명히 진심이라는 뜻이었다.

"폐하께서 바라시는 것이 있으십니까?"

"이런, 당황하지도 않는군. 내가 경에게 바라는 것이라······ 글쎄, 경이 한번 맞춰 보게. 제국의 주인인 내가 일개 견습 기사에게 바랄 만한 것이 무엇일까?"

싱긋, 미소 짓는 황제를 가만히 마주 보던 아렌트가 짧게 한숨을 내쉬었다.

"말씀을 조금 바꾸시는 것이 좋겠습니다. 일개 견습 기사가 아니라 3기사단의 개망나니, 사고뭉치, 황태자에게도 개기는 불량한 견습 기사에게 바라는 것이 있으시겠죠."

그리고 아렌트가 가장 잘하는 것들 중 하나는…….

"감히 추측해 보자면, 제게 꼴 보기 싫은 것을 대신 치워 달라는 제안을 하고 싶으신 것 같습니다."

"역시 명불허전이군. 그러면 하나 더 맞춰 보게. 내가 꼴 보기 싫어하는 게 누구일 것 같은가?"

"지금까지의 흐름으로 봐서는 아마 테오도르 대신관님이겠죠. 틀렸습니까?"

"정확해. 정답이다."

감탄을 터뜨리며 황제가 박수를 짝짝, 두어 차례 쳤다.

"까닭을 여쭤봐도 괜찮겠습니까?"

"물러날 때를 놓친 늙은이라서 그렇지."

한 치의 망설임도 없이 돌아온 간결한 대답에 아렌트는 헛웃음을 터뜨리고 말았다.

"설득이라고 말씀하시더니, 애초부터 좋은 말로 끝내실 의사는 전혀 없으셨군요."

"이건 어른의 못난 변명이다만, 아렌트 경. 나는 그 친구를 몇 차례 설득하려고 했다네. 놀랍게도 말이지."

이건 처음 듣는 이야기였다.

아렌트가 눈을 깜빡이자, 황제가 천천히 말을 이었다.

"처음은 황태자에게 권한을 넘기기 이전 무렵이었다. 이제는 슬슬 물러날 준비를 할 때가 되지 않았냐고 넌지시 권했지."

대신관의 자리를 당장 내어놓으라는 것은 아니었다. 다만, 슬슬 후계를 세우고 물러날 준비를 하는 것이 좋겠다는 조언이었다.

"납득하는 척하더군. 하지만 그는 약속을 지키지 않았어."

"무슨 일이라도 있으셨습니까?"

"그때, 루미엘 신관이 관심을 두고 육성하던 제자들이 몇 있었다네. 나이도 제법 찼고, 테오도르 대신관과 루미엘 신관의 후계라는 이야기가 종종 나오기도 했지. 내가 볼 때도 제법 괜찮았어. 루미엘 신관을 따라잡기에는 한참 멀었네만."

장난스럽게 한마디 덧붙인 황제가 다시 말을 이었다.

"내가 대신관에게 그런 제안을 하고 나서 얼마 뒤, 무슨 일이 생겼는지 아나?"

"……그 제자라는 사람들께 변고라도 생겼습니까?"

"갑작스레 황성과 멀리 떨어진 신전으로 보내졌지. 지

금은 그곳에서 여유로운 생활을 하고 있다더군."

"출셋길은 완전히 막혔겠군요. 그쯤 되면 좌천 아닙니까?"

"글쎄, 나를 비롯한 몇몇은 그렇게 생각했지만, 대부분은 그렇게 받아들이지 않더군. 젊은 나이임에도 전원 각 신전의 책임자로 임명받았으니, 당장 보기에는 나쁜 일만은 아니었던 거지."

"……."

아렌트의 표정이 묘해지자, 황제가 은근하게 물었다.

"무슨 생각하나?"

"음험한 노인네, 라는 생각이요."

한 치의 망설임도 없이 돌아온 한마디에 잠깐 멍하니 있던 황제가 피식 헛웃음을 터뜨렸다.

"자네는 정말 껄끄러움이라는 걸 모르는군. 천하의 대신관을 그렇게 취급할 수 있다니."

"그런 이야기 자주 듣습니다."

"……진짜 장난 아닌 성격이로군."

자신을 어처구니없다는 눈으로 보는 황제에게 아렌트가 다시 질문을 던졌다.

"폐하와 같은 의견이셨다는 분 중에서는 황태자 전하께서도 포함되십니까?"

"아무래도 그렇지. 하지만 증거가 있는 것도 아니었고,

제지할 만한 사안도 아니라 그냥 그렇게 넘어가 버렸네만…… 그때의 과오가 이렇게 돌아오는군."

황제가 씁쓸하게 덧붙였다.

자그마치 일국의 '황제'가 신하 앞에서 '과오'라고 인정할 정도이니, 내심 그때의 결정을 매우 후회하고 있음을 잘 알 수 있었다.

아렌트는 속으로 테오도르 대신관 캐릭터 설정에 정보를 하나 더 추가했다.

자신의 권위를 위협하는 것들에 극단적으로 불안 증세를 보임.

지금껏 가졌던 의문점도 몇 개가 풀렸다.

'소설에서도 존재감이 거의 없다시피 했던 게 그것 때문이었군.'

황태자에게 일찌감치 권력을 넘겨주었을 때는 아마 이런 상황이 오리라고는 예상 못 했겠지만…… '성검의 푸른 기사'에 나온 당시의 상황을 돌이켜 보면 납득 가는 결정이었다.

오랜 평화에 찌든 제국은 귀족들이 슬슬 끓어오르며 내부부터 썩어 들어갈 조짐을 보였다.

위험을 감지한 황제는 과감하게 세대교체를 택한 것이다.

실제로 칸타레스는 황제가 뜻한 바를 훌륭히 수행해 권

력을 휘어잡았으니, 그의 의도는 충분히 성공했다.

덕분에 악신교와의 싸움도 황태자가 거의 떠맡게 되었지만.

아렌트는 잠깐 고민했고, 곧 머릿속으로 계산을 끝냈다.

"……폐하께서 하신 말씀은 잘 알았습니다. 먼저 거래 이야기를 하셨으니, 저도 그리 알고 대화를 진행시켜도 괜찮으실지요."

"물론이네."

약간 까탈스럽지만 제국의 유능하고 젊은 인재를 흐뭇하게 바라보며, 황제가 푸근한 미소를 지어 주었다.

하지만 그 미소에 금이 가는 데까지는 그리 오래 걸리지 않았다.

"사정을 모두 고려해서 제가 감히 말씀드리자면……."

"그래, 편히 말하게."

"수지 타산이 안 맞습니다."

"……."

황제의 입이 살짝 벌어졌다.

하지만 아렌트는 뭐가 문제냐는 듯, 그 뻔뻔한 눈을 똑바로 뜨고 제국의 지존을 말똥말똥 마주 볼 뿐이었다.

"아무것도 몰랐다면 모를까, 이것저것 따져 보니 저한테 너무 압도적으로 불리합니다만."

이 제국의 주인으로서 살아온 긴 세월 동안, 단 한 번도 들어 보지 못한 당돌한…… 아니, 당돌함을 넘어선, 어처구니가 없을 정도로 건방진 말이었다.

황당함에 말문을 열지 못하는 황제와는 달리, 아렌트는 씨이익 웃었다.

"지금까지는 서로 입장을 주고받았을 뿐이니, 진정한 교섭은 지금부터입니다. 폐하께서도 준비되셨습니까?"

따스한 불빛 아래 유난히 도드라지는 황금색 눈동자가 반달처럼 휘어지며 고운 곡선이 그려졌다.

* * *

황제로 지내는 동안, 필립은 언제나 공평한 권력자가 되려고 노력했다. 하지만 그렇다고 해서 제국의 지존이라는 자신의 위치마저 망각한 것은 아니었다.

그래서 더욱 당황할 수밖에 없었다.

"수지 타산이 맞지 않다?"

제법 오랜 세월 황제 자리에 앉아 있으면서 단 한 번도 들어 본 적 없는 발칙한 불평을, 설마 궁에 들어온 지 얼마 되지도 않은 견습 기사에게 들을 거라곤 상상도 못 했으니까.

하지만 아렌트는 여전히 당당했다.

"당연한 것이, 폐하께서 제게 원하시는 것은 테오도르 대신관님께 한 방 먹여 드리는 거죠? 대신 폐하께서는 그럴 수 있는 판을 준비해 주시는 거고요."

"……그렇지."

"물론 필요한 일입니다. 그리고 못 하겠다는 말은 한마디도 드리지 않았습니다. 단."

"……."

청산유수처럼 쏟아지는 말들이 어딘가 이상하다고 느끼면서도, 황제는 뭐에 단단히 홀리기라도 한 듯 귀를 기울일 수밖에 없었다.

"보신 바와 같이, 저는 견습 기사입니다. 그리고 상대는, 폐하께서 물러나 계신 틈에 영향력이 커질 대로 커진 대신관님이시고요. 누가 봐도 계란으로 바위를 치는 꼴인데……."

말끝을 흐린 아렌트는 상체를 살짝 숙이며 은근히 덧붙였다.

"상황이 이렇게 된 데에 폐하께서도 어느 정도는 책임이 있다고 하신 데다."

"……."

"대신관님께서 저리 예민해지신 것은 폐하께서 수년 전에 하셨다는 제안 탓도 있을 거라 사료됩니다. 권력이 위협받았다고 여기신 거겠지요."

수수께끼 대부분이 방금 대화로 풀렸다.

묘하게 황실을 경계하는 것 같던 태도, 대신관이 언급될 때마다 시종일관 껄끄러워했던 칸타레스의 모습, 그리고 체르니온 신의 존재가 밝혀질수록 민감하게 반응하는 까닭까지.

"추가적으로, 다소 불충한 생각이긴 하나, 폐하께서 진정으로 이런 상황을 예측하지 못하셨을 것이란 생각은 들지 않습니다. 악신교 일이 아니었더라도, 언젠가 한 번쯤은 문제가 생겼을 것이 분명한데……."

"……."

"황태자 전하만으로는 그분을 감당하기 힘들 거라고 여기셨으면서도 권력 승계를 강행하신 것 아니십니까? 아들을 강하게 키우고 싶어서 그리하셨을 것 같기는 하지만."

"……."

몸짓 하나, 목소리 하나…… 건방지게도 조목조목 사실만을 읊는 목소리가 유난히도 귀에 쏙쏙 들어왔다.

"이런 상황에서, 폐하께서 제시하신 조건은 제게 턱없이 부족합니다. 판을 준비하는 건 폐하께 그리 어려운 일이 아니니까요."

그래서 그럴까, 방금 전까지 기특하게 여겼던 놈이 치가 떨릴 정도로 얄밉게 보였다.

"하지만 저는, 온갖 원인이 복합적으로 얽힌 사태를 타파해야 하는 임무가 주어집니다. 당연히 거래 조건으로는 합당하지 않습니다."

기가 막혔지만, 틀린 말이 아니었다.

한참 동안 입을 달싹이던 황제가 물었다.

"……내가 이후, 신전에게서 자네를 보호해 준다고 한다면?"

"부족합니다."

"……."

칼같이 돌아온 대꾸에 다시 한번 말문이 막혔다.

그리고 황제는, 이 건방지기 짝이 없는 견습 기사가 원하는 한마디가 뭔지 눈치채 버렸다.

하지만 어째선지 입 밖에 내서는 안 될 것 같은 기분이 들어 답지 않게도 한참을 망설였다.

하지만 선택지가 없었으니…… 황제는 주저하면서도 입을 열었다.

"따로 원하는 게 있나?"

그리고 드디어, 아렌트가 만면에 미소를 드리웠다.

"무엇일 것 같으십니까?"

"글쎄. 칸에게 들었네만, 자네가 돈을 그렇게 좋아한다더군. 혹시 금전적 보상을 원하나?"

"아니요, 그것은 아닙니다."

"어째서?"

"돈이야 물론 좋아합니다만, 뜯을 구석은 황태자 전하로 충분하니까요. 그리고 적어도 이번 일은 금전으로 값을 매길 수 없다고 생각합니다."

"……그도 맞는 말이군."

황태자가 기사에게 돈을 뜯기고 있다는, 대경실색할 말을 듣고도 황제는 크게 반응할 수 없었다.

이 건방진 견습 기사가 아까 자신이 취한 화법을 똑같이 재연하고 있다는 것을 깨달은 탓이었다.

"설마…… 내가 맞춰 보길 원하나?"

"그것도 즐거울 것 같지만, 그렇게까지 불경을 저지를 수는 없습니다. 이래 뵈어도 선이라는 것을 알거든요."

어깨를 으쓱하는 녀석의 꼴을 보자니 헛웃음이 저절로 튀어나왔다.

아렌트는 황제를 향해 다시금 장난스러운 미소를 지었다.

뒤이어 그의 입에서 나온 것은 뜻밖의 말이었다.

"뒷배가 되어 주셨으면 합니다."

"뒷배?"

"말 그대로입니다. 황제 폐하께서 든든한 뒷배가 되어 주셨으면 합니다. 물러나 계시지 마시고, 다시 지휘봉을 높이 드시라는 말씀입니다."

톡톡, 아렌트는 손가락 끝으로 테이블을 가볍게 두드렸다.

"시기라는 것이 분명 있다고, 저 역시 그렇게 믿습니다. 사람이 갖춰야 할 가장 큰 미덕 중 하나는, 자신이 나서야 할 때와 그렇지 않을 때를 구분하는 것이죠."

"……그리고 자네는, 지금이야말로 내가 나서야 할 때다. 그리 여기는 것이군."

"그렇습니다, 폐하."

황제의 얼굴이 살짝 굳어지자, 아렌트는 손가락을 꼽아가며 조목조목 설명을 시작했다.

"말씀하신대로, 황태자 전하는 아직 젊습니다. 그리고 저도 그렇지만, 전하의 측근들도 대부분 그렇고요."

이번 일은 전 세대의 강력한 정치 세력을 견제할 수단이 황태자에게 없었던 탓에 발생한 문제였다.

"극단적으로 말씀드려서, 테오도르 대신관님을 아예 끌어내리는 데 성공한다고 가정하겠습니다. 그 순간에 폐하께서 여전히 지금과 같은 위치를 택하신다면 분명 권력의 균형이 송두리째 흔들릴 것입니다."

"계속 말하게."

"대신관님을 따르는 신관들의 반발 역시 심할 테고, 유감스럽게도 황태자 전하께서는 신전까지 아우를 힘이 아직 부족합니다."

"하지만 대신전에는 아직 루미엘 신관이 남아 있네만."

"시간적 여유가 있다면 또 모르겠지만, 언제 적들이 들고일어날지 모르는 지금, 루미엘 신관님이 빠르게 세력을 흡수하기란 어렵습니다."

"……허, 참."

한참을 가만히 듣기만 하던 황제는 더 이상 웃을 수 없었다.

조목조목 다 맞는 말이었다.

반박하자면 물론 할 수 있겠지만, 그럴 마음도 들지 않는다는 게 문제였다.

아직 견습 기사밖에 되지 않은 녀석이 이런 식견을 갖고 있는데, 다른 귀족들이나 기사들은 또 어떨는지…….

'자칫하다가는 웃음거리가 되겠어.'

사실 한마디라도 했다가는 저 능청스러운 화법에 말려들 것 같은 기분이 든 탓도 있었고.

게다가 저놈은 은근슬쩍 자신을 비난하고 있었다.

너무 일찍 물러난 탓에 황태자가 과한 짐을 졌다고.

"어이가 없군. 제국 황제인 이 몸을 곧이곧대로 방패 취급하겠다, 라……."

너무 어처구니가 없어서 언짢은 마음조차 들지 않아, 결국 이번에도 헛웃음을 터뜨리고 말았다.

"발칙한 친구 같으니. 그동안 황태자를 얼마나 달달 볶

앉을지 가늠조차 안 돼."

"황태자 전하께서 동석하셨다면 아마 놀라셨을 겁니다. 저 싸가지 없는 놈이 그래도 황제 폐하 앞에서는 예의라는 것을 챙길 줄 안다고."

"하하하! 그 녀석, 사석에서는 그리 말하나 보지? 그나저나 이것이 예의를 챙긴 행동이라니, 도대체 평소에는 어떻기에 그러냐?"

"이렇게 구구절절 말씀드리는 것보다, 좀 더 직설적으로 고하는 편을 선호합니다. 그래도 못 알아들으면 협박과 갈취가 추가되긴 합니다만."

"큭…… 큭큭…… 푸하하하하!"

황제가 아예 테이블을 부여잡고 박장대소하기 시작하자, 아렌트는 그가 웃음을 멈출 수 있을 때까지 얌전히 기다려 주었다.

한참 만에 간신히 표정을 갈무리한 황제가 여전히 웃음기가 매달린 얼굴로 고개를 들었다.

"하…… 하하. 후우, 이렇게 웃어 본 건 또 오랜만이군. 보좌관이 봤다면 한 소리 했겠어. 체통을 지키지 못한다고 말이야."

"하지만, 폐하."

그와 눈을 마주친 아렌트가 담백하게 덧붙였다.

"이 미욱한 기사의 눈에는, 꽤 즐거워하고 계신 것으로 보입니다."

"하하……."

그것도 옳은 말이었다.

이렇게 웃어 본 게 얼마 만인지, 기억도 제대로 나지 않았다.

필요 이상으로 눈치 보지도 않고, 조아리지도 않으며, 제 욕심을 숨기지도 않는다.

고개는 꾸벅꾸벅 잘도 조아리면서, 모르는 척 제 잇속을 챙기려는 이들과는 분명 달랐다.

"이렇게까지 건방지게 구는 것을 보아하니, 자신 있는 것 같군. 좋은 방도라도 있나?"

"방도랄 게 따로 있겠습니까? 지금 상황을 사람들 앞에서 까발리면 충분히 논쟁거리로 만들 수 있을 겁니다."

여전히 웃음기를 매단 채 황제가 장난스럽게 묻자, 아렌트는 제 습관대로 어깨를 으쓱여 보였다.

"자연스레 찬반이 갈리겠죠. 그 흐름을 타서 우리가 원하는 걸 얻어 내는 겁니다."

일단 판을 키운 다음에 같은 편을 늘리고, 말싸움에서 이긴다.

그것이 바로 토론과 정치의 정석이었다.

"폐하께서 이 거래에 응해 주신다면, 오늘보다 훨씬 재미있는 것을 보여 드리겠습니다."

"좋군. 그렇다면 거래는 이렇게 하지. 자네가 먼저 보여 준다면, 나도 자네의 제안대로 하지. 갑자기 내가 나선다고 한다면 황태자는 조금 싫어할지도 모르겠네만."

"싫어하시든 말든 무슨 상관입니까. 어차피 폐하가 더 높이 계신데. 애초부터 아드님이 무능한 탓에 벌어진 사태니까 불평할 자격 없습니다."

"내 생각에, 황태자가 골머리를 앓는 이유 중 7할은 자네 때문일 것 같군."

"부정은 하지 않겠습니다."

그 뻔뻔한 대답에 황제가 다시 한번 웃음을 터뜨렸다.

언제나 고요하기만 하던 황제만의 정원이 오랜만에 소란스러워진 밤이었다.

* * *

바로 다음 날, 황제는 약속을 지켰다.

그것도 상당히 요란한 방식으로.

황실 기사단과 황태자에게 그간 공을 치하하며, 체르니온교 조사를 속행하라는 공문을 내린 것이다.

관습에 얽매여 제국을 위기에 빠뜨리지 않도록 주의하라.

내용을 요약하자면 이랬다.

문제는, 같은 공문이 대신전 측에도 하달되었다는 것이다.

당연히 속이 제대로 긁힌 대신관은 채 몇 시간이 지나기도 전에 반응을 보였다.

하지만 대신관의 대응은 황제가 보인 행보에 비해서는 다소 소극적이었다. 자신의 뜻을 직접 밝히는 것 대신 황태자에게 따로 서신을 보낸 것이다.

정중한 인사말과 은유가 들어간 본문, 그리고 평소처럼 기도문으로 끝맺은 서신은 요약하자면 이랬다.

적에게 동요하는 모습을 보여서는 안 되며, 악신에게 관심을 가질지 모를 순수한 이들을 배려해 진실을 최대한 은폐해야 한다.

그리고 황제의 의도를 완벽히 읽어 낸 황태자는, 대신관이 보낸 서신을 근거로 들며 폐하의 뜻을 완벽히 따르기에는 힘들다고 사람들 앞에서 엄살을 부렸다.

황태자와 대신관 사이에서 벌어지던 은밀한 힘겨루기가 순식간에 수면 위로 끌어 올려진 것으로도 모자라, 곧이어 귀족들, 신관들 사이에서 찬반 논쟁이 갈리며 황궁과 대신전이 불타오르기 시작했다.

단 이틀 만에 벌어진 일이었다.

그 무렵, 아렌트는 슈타들러 백작의 보고서가 도착했다

는 소식에 황태자의 집무실을 찾았다.

"야, 너 이실직고해."

"뭘요?"

감히 황태자 앞에서 주머니에 손을 푹 찔러 넣은 채, 불량한 자세로 선 아렌트가 되물었다.

칸타레스는 속이 부글부글 끓는 것을 미소로 억지로 승화시키며, 하지만 어금니를 꽉 깨문 채 말했다.

"무슨 짓 했냐?"

"이제 와서 왜 그러세요? 전하께서도 꽤 신나 보이시던데."

"그거랑은 다른 문제지, 이 자식아."

얼마 전에 황제 폐하 집무실 근처에서 자기 시종들이 알짱거리다가 잡혀 혼났다는 소식은 들었지만, 설마 일이 이렇게까지 될 줄은 꿈에도 예상치 못한 그였다.

"황제 폐하께 무슨 말을 지껄인 거야, 너."

"잠깐 담소를 나눈 게 다예요. 황태자 전하 욕도 좀 하고, 대신관님도 마음껏 씹고."

어깨를 으쓱하는 놈을 질린 눈으로 응시하던 칸타레스가 크게 한숨을 푹, 내쉬었다.

"그래, 다 내가 못난 탓이지. 폐하까지 귀찮게 해 드릴 생각은 없었는데."

"알면 잘하십쇼."

"너 진짜 죽고 싶냐?"

황태자가 사납게 을렀지만 당연히 그런 것에 굴할 아렌트가 아니었다.

"전하는 그냥 하실 수 있는 일을 하시면 됩니다. 어린애처럼 꽁해 있지 마시고."

"누가 어린애라는 거야, 누가."

"며칠 전부터 우울해하셨던 것은 사실이시죠."

얌전히 있던 제레온이 쓰게 미소 지으며 한마디 첨언하자 칸타레스의 얼굴이 와락, 구겨졌다.

"그래, 나 애새끼다. 어쩔래? 그래도 업무에 태만할 생각은 없으니 안심해라. 그리고, 일단 이거."

짜증스레 투덜거린 칸타레스가 아렌트를 향해 서류 한 뭉치를 툭, 던졌다.

"백작님이 보내신 거예요?"

"그래, 살펴봐. 네놈이 예상하고 이런 일을 벌였는지는 모르겠다만, 제법 재미있는 사실이 나왔으니까."

"뭔데요?"

서류를 받아 들고 대충 훑어보던 아렌트의 눈이 한 대목에 이르러 반짝였다.

그럴 줄 알았다는 듯, 칸타레스가 쯧 혀를 찼다.

"이쯤이면 월척이지?"

"그러게요."

담백하게 대답하는 아렌트의 입가가 만족스럽게 휘어졌다.

황태자에 기사단장, 그리고 대신관과 황제.

한 단막극에 캐스팅하기엔 지나치게 화려한 배우들이지만, 그들을 충분히 만족시킬 대본이 순조롭게 완성되어 가고 있었다.

뭐, 대략 한 사람은 얼굴을 일그러뜨리겠지만.

* * *

그 무렵, 대신전 가장 깊은 곳에 있는 회의실에서도 한바탕 설전이 벌어졌다.

"폐하께서 어찌 이러실 수가……!"

노신관 하나가 결국 울분을 터뜨렸다.

"현 상황을 제대로 파악하지 못하신 것이 분명합니다. 그러지 않으시고서야……."

"저 역시 동의합니다. 최근 폐하께서는 정사에서 손을 떼고 계셨으니 그러실 수 있다고 생각합니다."

"아니요, 제 생각은 좀 다릅니다. 폐하께서 내리신 결정 역시 충분히 납득할 수 있습니다. 적을 알아야 대비할 수 있는 법이니까요."

"저도 동의합니다. 물론 조심스럽게 접근해야 할 사안

이긴 합니다만, 황실 기사단 분들과 황태자 전하가 그 정도 분별을 못 하실 리는 없지요."

"하지만 황태자 전하께서는 아직 어리십니다!"

"어리시다니요. 말씀을 조심하세요. 황태자 전하께서는 지금까지 충분히 잘해 오셨습니다."

점점 언성이 높아지는 가운데, 루미엘 신관은 가만히 그 대화를 듣기만 했다.

가장 상석에 앉은 테오도르 대신관이 천천히 한숨을 내쉬었다.

"⋯⋯그만들 하십시오. 어찌 성전을 소란스럽게 만드십니까."

"송구합니다, 대신관님."

노신관들이 급히 입을 다물었다.

주름진 미간을 꾹꾹 누르던 테오도르 대신관이 천천히 고개를 들었다.

"하아⋯⋯ 루미엘 신관님. 신관님의 의견은 어떠십니까?"

"대신관님, 저의 의견은 이미 여러 차례 피력해 드렸다고 생각합니다만."

루미엘 신관에게서 차분한, 하지만 단호한 대답이 돌아왔다.

"미지의 것은 눈에 보이는 위협보다 더 큰 불안감을 조장합니다. 조사할 수 있다면 조사하는 편이 바람직하겠지요."

"루미엘 신관님, 실례인 줄 알지만 이 자리를 빌어 한번 여쭙겠습니다."

가라앉은 눈으로 가만히 그녀를 응시하던 대신관이 다시 운을 뗐다.

"최근 황궁에 자주 발걸음 하셨다고 압니다. 혹시 그 시간들이 신관님이 내리신 판단에 영향을 끼쳤습니까?"

부드러운 어조였지만, 루미엘 신관은 그 속에 든 가시를 충분히 알아차릴 수 있었다.

"그것이 중요합니까?"

"중요하고말고요. 본디 황궁과 신전이 따로 자리 잡은 데에는 초대 황제 폐하의 깊은 뜻이 있습니다."

"불가침을 말씀하시는 것입니까?"

"그렇습니다. 신전은 루체 님을 모시며 언제나 경건한 마음으로, 그리고 황실은 제국을 돌보며 더욱 이롭게 하는 것."

테오도르 대신관이 짐짓 엄하게 말했다.

"물론 지혜를 주고받으며 함께 나아가는 것은 중요한 일입니다만, 필요 이상으로 간섭하는 건 좋지 않습니다."

"대신관님, 이런 말씀드리기 송구합니다만. 대신관님께서 조사를 금하신 것 역시 간섭이라고 생각합니다."

조용히 이어진 루미엘 신관의 한마디에 대신관이 얼굴을 딱딱하게 굳혔다.

"신의 영역은 신전이 정해야 할 문제입니다."

"하지만 지금, 실제로 맞서 싸우는 것은 황태자 전하와 황실 기사단입니다. 싸움에 참여조차 안 하는 저희가 그것을 방해하는 것이 과연 옳은 일일까요?"

"루미엘 신관님, 방해라고 말씀하셨습니까? 저는 그것이 반드시 필요한 보호라고 생각합니다."

"무엇에서의 보호입니까?"

"사악한 신이 뻗는 손길에서의 보호지요."

"현실적으로 생각하셔야 합니다. 신전이 할 수 있는 일에는 한계가 있습니다. 단지 은폐하는 것만이 능사가 아닙니다."

루미엘 신관의 말을 끝으로, 두 사람은 조용히 서로를 노려보기만 했다.

다른 신관들은 마른침을 삼키며 상황을 주시했다.

두 사람은 예전부터 자주 반목하고는 했지만, 악신의 등장과 더불어 점점 더 빈번해지고 있었다.

결국 테오도르 대신관의 입에서 다소 날카로운 음성이 흘러나왔다.

"루체 님과 함께라면 하지 못할 일은 없습니다."

"아니요, 불가능한 일은 분명히 있습니다. 신께서는 분명 전지전능하시나, 그 뜻을 따르는 저희는 한낱 인간에 불과하니까요."

하지만 루미엘 신관은 여전히 침착하기만 했다.

그런 그녀를 한참 동안 뚫어져라 노려보던 대신관이 다시 운을 뗐다.

"……루미엘 신관님, 최근 황궁에 자주 걸음 하시며 황실 기사단의 견습 기사와 사적으로 종종 만나셨다고 들었습니다."

"그랬습니다."

"그 젊은이는 아주 유능하지만 성격이 괴팍하고, 절대로 기도하는 법이 없다고 들었습니다."

현재, 제국에서 아렌트의 파격적인 행보는 라이오스의 영웅담만큼이나 유명해지고 있었다.

라이오스 단장에게는 호의와 경탄이 가득한 시선을 보내는 이들이 대부분이었지만, 틀에 얽매이기를 거부하는 아렌트는 조금 사정이 달랐다.

"루미엘 신관님이 자유로운 성정을 가지셨다는 것은 누구보다도 제가 잘 압니다. 그래서 혹여나 그에게 악영향을 받으신 것이 아닌지, 저는 그 점이 다소 염려됩니다."

"대신관님, 우려하시는 바는 잘 알겠으나…… 이런 자리에서 제 사생활까지 언급하시는 것은 다소 당혹스럽습니다."

루미엘 신관이 단호하게 덧붙였다.

"그리고 서로 다른 생각을 가진 이들끼리 의견을 교환하는 것은 자연스러운 일입니다. 대신관님과 제가 지난 세월 동안 그래 온 것처럼요."

"그렇다면 신관님께서 그를 좋은 방향으로 이끄는 것도 가능했을 터입니다."

좋은 방향이라 함은, 신을 믿지 않는 아렌트를 신전으로 이끌 수도 있었지 않느냐는 뜻이었다.

루미엘 신관의 미간이 살짝 찌푸려졌다.

"비록 루체 님께 의지하지는 않으나, 그는 그 나름대로의 인생관을 가진 청년입니다. 도움이 필요 없는 이에게 나의 욕심만으로 손을 뻗는 것은 그리 바람직한 일만은 아닐 테지요."

"루체 님의 품으로 인도하는 것이 바람직한 일이 아닙니까?"

"그 젊은이는 이미 충만한 빛의 은총 아래에 있습니다. 단지 기도를 하지 않는다고 하여 있던 사실이 없던 걸로 되진 않지요."

"······."

"······."

설전을 나누던 두 사람이 입을 다물어 버리자, 회의실에 싸늘한 침묵이 흘렀다.

눈치를 보던 다른 노신관이 조심스럽게 운을 뗐다.
"……결론이 나지 않을 듯하니, 오늘은 이만 파하는 것이 어떠할는지…… 시간이 많이 늦었습니다."
"……그것이 좋겠군요."
한참 동안 루미엘 신관을 차갑게 바라보던 대신관이 그리 말하자, 이곳저곳에서 작은 안도의 한숨이 터져 나왔다.
모임을 마무리할 때 바치는 짧은 기도조차 생략한 채 대신관이 먼저 자리를 박차고 나가 버리자, 다른 이들 역시 눈치를 보면서 하나둘씩 회의실을 빠져나가기 시작했다.
그런 신관들의 뒷모습을 바라보며 루미엘 신관은 그저 깊은 한숨을 쉴 뿐이었다.

* * *

"이야……."
짧은 서신을 확인한 아렌트가 감탄을 터뜨렸다.
발신자는 루미엘 신관으로, 신전의 심부름꾼이 급하게 가져다준 거였다.
테오도르 대신관이 아렌트를 경계하고 있으며, 주의를 당부한다는 내용이었다.

"분위기가 점점 달아오르는데요."
"너 진짜 신나 보인다?"
"그야, 기분 좋으니까요."
"미친 새끼."

무덤덤하게 한 대꾸에 바로 아서의 욕설이 돌아왔다.

황궁은 그야말로 폭발 직전이었다.

이번 기회를 빌려 황태자의 권위를 견제하려는 목적으로 대신관 편을 드는 귀족들도 있었으며, 갑자기 황제가 황태자의 일에 끼어드는 것을 우려하는 이들, 그리고 대신관을 비판하며 황태자의 편을 드는 이들 등……

대부분의 귀족과 신관들이 이 토론에 끼어들었으며, 온갖 이해관계가 얽혀 파벌이 나뉘었다.

자의든 타의든 이 난장판에 끼어든 모두는 꿈에도 모를 것이다.

어느 미친 견습 기사가 대신관을 견제하겠다고 무려 황제에게 찾아가 거래 운운하는 바람에 이 개판이 벌어졌다는 것을.

"야, 나 슬슬 무섭거든. 지금부터 무슨 일이 벌어지는 건데?"
"두고 보면 알걸요. 아직 한 발 남았거든요. 아마…… 오늘 저녁쯤?"
"……"

보통 짜증과 신경질 이외의 감정을 드러내는 법이 없는 놈이었지만, 지금 저 미친놈은 진심으로 기분이 좋아 보였다.

"저 나갔다 옵니다. 찾지 마세요."

"제발 얼른 꺼져 버려."

가만히 하는 꼴을 지켜보던 아서는, 미친놈은 가까이 두는 게 아니라며 일찌감치 도망간 리히트처럼 조용히 거리를 두는 것을 선택했다.

그날 저녁, 아렌트의 예언은 현실이 되었다.

조용히 지내던 황제가 황궁 내 관리들을 상대로 회의를 소집한 것이다.

1시간이라는 짧은 회의에서 나온 결과는 이랬다.

이러다가는 갑론을박이 끝나지 않을 것 같으니, 신전과 합동 회의를 열자.

황제가 제안하고 황태자가 추임새를 넣은 의견에, 이 사태를 맞아 입이 근질근질해진 모든 이들이 동의했다.

결정 사항은 곧장 대신전에 전달되었으며, 대신관을 제외한 신관들 대부분이 동의했고, 대신관도 몇몇 원로 노신관들이 설득을 해 오니 못 이기는 척 고개를 끄덕일 수밖에 없었다.

애초에 황제가 발의한 건인데, 제아무리 대신관이라고 한들 뚜렷한 명분 없이 거절한다는 건 말이 안 되는 일.

대신, 대신관은 회의 장소를 대신전으로 하자는 조건을 걸었다. 모두가 루체 신 앞에서 부끄럽지 않을 결론을 내리자는 거였다.

당연히 황제는 승낙했다.

시간을 오래 끌어서는 안 된다는 이유로 날짜 역시 바로 이틀 뒤로 잡혔다.

그러는 동안, 아렌트는 열심히 쏘다녔다.

누군가를 만나러 가는 것 같았는데, 도대체 뭘 하고 다니는지 물을 엄두조차 나지 않았다.

그런 놈을 떨떠름하게 지켜보던 기사들은 그냥 못 본 척하기로 했다. 이미 말벌 집을 쑤신 것 같은 꼴이 된 판에 괜히 미친놈을 더 자극하고 싶지는 않았다.

그리고 회의 전날 밤.

아렌트는 기사단장들과 황태자가 모인 회의실에 호출됐다.

모두가 미묘한 얼굴이었다.

이 개판에 심각한 피로감을 느끼고 있지만, 한편으로는 마냥 싫지만은 않은 그런 양가감정이 고스란히 드러나고 있었다.

그 광경을 잠시 감상하던 아렌트가 담백하게 물었다.

"재밌으시죠?"

"……."

황태자와 기사단장들의 표정이 더욱 착잡해졌다.

"왜 부르셨습니까?"

"……가끔 난 진짜 널 모르겠다…… 그래, 내일 회의 말이다만, 참여하겠다는 인원이 생각보다 많아져서 규모가 커질 예정이다. 모두가 다 발언할 수 있는 것은 아니지만 지켜보는 눈이 상당할 거야."

한숨을 푹, 내쉰 칸타레스가 미간을 꾹꾹 주물렀다.

"그리고요?"

"나와 기사단장들, 그리고 레베카 사건 때 깊이 관여했던 기사들 몇몇이 참석할 거다. 그리고 신전 측에서는 테오도르 대신관님과, 대신관님이 추천한 신관들이 참석할 예정이야."

"대신관님이 추천하셨다면, 루미엘 신관님 쪽은 다들 참관만 하시겠네요?"

"그렇지, 하지만 루미엘 신관님은 회의에 참여하신다더군."

다만 그녀가 얼마나 영향력을 발휘할 수 있을지는 모를 일이었다.

"폐하께서는 어지간하면 관여하지 않겠다고 하셨어. 그러니 우리끼리 알아서 해야 해."

"흐음. 뭐, 이런 개싸움에 직접 나서시는 것도 면이 안 사는 일이긴 하죠."

아렌트가 건성으로 고개를 끄덕이는 것을 본 칸타레스가 다시 짧게 한숨을 내쉬었다.

"……안 말릴 거다."

잠깐의 틈 뒤, 다이아나가 툭 내뱉었다.

의외의 말에 아렌트가 눈만 깜빡이자, 옆에서 켄드릭이 피식 웃었다.

"말리기는. 나는 부채질할 생각도 만만이야."

"네가 아무리 날고 긴다 해도 그런 자리에서 입을 떼는 건 쉬운 일이 아닐 거다."

쯧, 짜증스레 혀를 찬 칸타레스가 팔짱을 척 끼며 부연했다.

"그 점은 우리가 알아서 할 테니, 너는 적당한 시기에 알아서 끼어들어. 네가 말한 것도 잘 준비했으니 차질은 없을 거야. 그러니까……."

황태자의 입에서 몇 번째일지 모를 한숨이 터져 나왔다.

루체 님의 성전에 진짜 저 자식을 풀어놔도 괜찮은 걸까.

며칠 전부터 수도 없이 드는 갈등이 다시 고개를 내밀려고 했지만, 이미 엎질러진 물이었다.

"이왕 이렇게 된 거 입이나 한번 잘 털어 보라고. 방해 안 할 테니."

"당연한 소리를 뭘 그렇게 비장하게 하십니까?"

가만히 듣고 있던 아렌트가 삐딱하게 고개를 기울이며

내뱉었다.

"기대나 하세요. 어디 가서 구경하기도 힘든 걸 보실 수 있을 테니."

"그렇게 말할 줄 알았다, 이 자식아."

평소와 다름없는 건방진 어조에, 결국 칸타레스도 허탈한 웃음을 터뜨릴 수밖에 없었다.

* * *

본의 아니게 제법 자주 드나들게 된 대신전이었지만, 공식적인 일로 방문하는 것은 이번이 처음이었다.

공식적으로 방문해서 그렇게 느낀 것인지, 오랜만에 황제가 직접 행차해서 그런 것인지는 모르겠지만 여기저기 잔뜩 신경을 쓴 것이 눈에 들어왔다.

"황제 폐하 드십니다!"

신전의 모든 신관들이 예복을 차려입고 나와 황제와 황태자 일행을 맞이하는 모습은 제법 장관이었다.

그렇게 잔뜩 의관을 정제하고 고개 숙여 예를 취하는 신관 중 몇몇이, 약간의 경계심을 담은 시선을 보내오는 데에서 소소하게 만족감을 느낀 아렌트였다.

속세가 얼마나 소란스럽든, 신전은 언제나 그랬듯 빛으로 가득 차 있었다.

천장 가까이에 있는 아름다운 창문에서 쏟아지는 햇살이 루체 신의 은혜를 상징하듯 대회의실을 가득 품었고, 창문을 등진 채 선 신상이 사람들을 자애롭게 내려다보았다.

먼저 회의실에서 기다리던 대신관이 황제를 향해 허리를 깊이 숙였다.

"루체 님의 은혜가 비추시길. 미욱한 신관이 황제 폐하를 뵙습니다."

"그간 잘 지냈습니까, 대신관? 건국 기념일에는 피차 바빠서 제대로 대화도 나누지 못했지요."

"예, 폐하와 루체 님이 살펴 주신 덕분에 아주 잘 지냈습니다."

"그것참 다행입니다."

미소 지으며 대화를 나누는 두 노인은 겉보기에는 마치 사이좋은 형제처럼 보였다.

하지만 서로를 탐색하는 눈동자만큼은 적장을 노려보는 장수의 것처럼 차갑기 그지없었다.

신경전 겸 인사가 끝난 뒤, 대신관이 황제를 가장 상석까지 직접 안내해 주었다.

그러는 동안, 아렌트는 대신관을 유심히 관찰했다.

가까이에서 마주한 대신관은 얼핏 평범한 노인처럼 보였지만, 제국에서 가장 정순한 신성력을 가진 사람답게 움직임 하나하나에서 비슷한 연령의 황제와는 다른 활력이 보였다.

게다가 정적으로 여기는 황제를 앞에 두고서도 별다른 동요를 보이지 않는 데다…….

지금까지의 행보에서 간접적으로 내비쳤던 불안감이 전혀 느껴지지 않는 것을 보아하니, 역시 만만하게 볼 상대는 아닐 듯싶었다.

"모두 착석해 주십시오."

노신관의 안내에 따라, 신관들과 기사들은 긴 테이블을 사이에 두고 마주 앉았다.

그리고 각 양쪽 상석에 황제와 대신관이 앉고, 참관객들은 따로 마련된 좌석에 자리 잡았다.

이동하느라 잠깐 소란스러워졌던 좌중이 고요해지자 그 자리에 대신 차가운 긴장감이 차올랐다.

모두가 황제나 대신관, 둘 중 어느 쪽이든 먼저 회의 시작을 선언하기만을 간절히 기다렸다.

대신관은 얼마간 그 긴장감이 그냥 흐르도록 내버려 두었다.

사실 이번 회의 자체가 그에게 썩 내키는 일은 아니었다.

이왕이면 존재하는 것조차 덮어 버렸으면 했던 이야기가 온 황궁과 신전에 퍼지게 되어 버렸으니까.

'모르는 것이 약일 때도 분명히 있거늘…….'

오늘 이 자리에서 더 이상 그쪽을 파헤치지 않겠다는 확언을 받아 내야만 했다.

그의 인생을 바친 루체 신을 위해서라도.

"대신관, 준비되었나?"

"예, 슬슬 논의를 시작하시지요."

황제의 정중한 물음에 대신관이 미소 띤 얼굴로 천천히 고개를 끄덕였다.

청중들이 몸을 긴장시키며 자세를 바로 했다.

"바로 본제로 들어가지. 내가 황태자와 기사들에게 내린 지시가 부당하다는 의견을 냈다지? 듣자 하니 이전에도 임의로 조사를 금지했다고 하더군."

"예. 송구하오나 제가 그러했습니다, 폐하. 필요한 조치라고 여겼고, 지금도 그 의견은 다르지 않습니다."

"그렇군. 뒤늦게 끼어든 내가 난데없이 조사를 속행하라는 명령을 내려서 당혹스러웠겠어."

"아닙니다, 폐하. 폐하의 뜻 역시 충분히 이해할 수 있습니다. 하지만 좀 더 신중해야 할 부분입니다."

모두가 침묵하는 가운데, 대신관의 목소리가 또렷이 울려 퍼졌다.

"이 세상에서 배제되어야 할 악신이 부활했다…… 이것은 분명 큰일입니다. 그러니 더욱 이 미욱한 신관은 악신의 신전을 조사하시겠다는 말씀에 쉽사리 동의할 수 없었습니다."

"그 까닭은?"

"확인되지 않은 존재인 탓입니다. 미지에 이름이 더해지면 영향력은 더욱 강력해지는 법입니다. 제가 경계하는 것은 바로 그 부분이지요."

참관하는 귀족들과 신관들 중 제법 많은 수가 고개를 끄덕이는 데에 힘입은 대신관이 천천히 말을 이었다.

"아직 그들의 정체가 다 파악되지도 않았는데 그런 것에 신이라는 이름을 붙여, 함부로 따르는 자들이 불어날까 염려스럽습니다."

"흐음, 그 말도 일리가 있군. 하지만 어째서 파악되지 않았다고 말하는가? 우리에게는 초대 황제께서 악신과 맞서 싸운 역사가 있네."

"초대 황제 폐하께서 남기신 자료는 대대로 황실에만 내려오던 것입니다."

대신관이 다시 한번 의사를 확실히 밝히자 뒤이어 칸타레스가 추가 발언을 시작했다.

"제가 아렌트 폰 에크하르트 경이 손수 알아낸 정보들과 황실의 기록을 대조하며 사실 관계를 확인했습니다."

"전 대륙을 휩쓸었던 전쟁이니, 어딘가에 소실된 기록이 남아 있었을지도 모를 일입니다. 사칭했을 가능성은 충분히 있지요."

이번에 대답한 것은 대신관이 아닌 다른 노신관이었다.

살짝 미간을 찌푸린 칸타레스가 다시 대신관을 향해 물었다.

"그렇다면 여러분께서는 그들이 무어라 여기십니까?"

"악신이라는 허상의 존재를 떠받들며 감히 루체 님과 이 제국에 해악을 끼치려는 반란 집단. 이쯤으로 정의할 수 있겠습니다."

대신관이 막힘없이 대답하자, 회의실에는 다시 짧은 침묵이 감돌았다.

아직 황실 측에서는 별다른 의견을 내지 않은 상황에 귀족들은 더욱 촉각을 곤두세웠다.

그리고 황태자가 막 운을 떼려던 그때, 한쪽에서 퉁명스럽기 그지없는 미성이 불쑥 튀어나왔다.

"그러면 저희가 그간 헛짓거리라도 했다는 말씀이신지?"

"……!"

장소에 전혀 어울리지 않는 신경질적인 발언에 모두가 경악해 목소리의 근원을 찾아 두리번거렸다.

옆에서 기겁한 아서와 리히트가 급히 아렌트의 입을 틀어막으려 했지만, 견습 기사는 언제나 그렇듯 허우적대는 손길들을 능숙하게 피해 내고 덧붙였다.

"현장에서 죽어라 구른 것은 저희 기사단입니다만. 신전에서 가만히 보고만 받으시던 대신관님께서 내리신 판단이 옳다고, 확신하실 수 있으십니까?"

"……."

마치 회의실 전체에 얼음물을 끼얹은 것 같았다.

아무리 날고 긴다 하지만 설마 견습 기사가 불쑥 대화에 끼어들 거라고는 상상도 못 한 신관들과 귀족들이 멍청히 눈만 깜빡였다.

졸지에 선수를 빼앗긴 칸타레스는 한숨을 푹 내쉬며 이마를 짚을 뿐이었고.

"저 미친놈……."

자연스럽게 발언할 수 있도록 배려해 주려고 했는데, 아무래도 저놈에게는 필요 없었던 모양이다.

단장들과 황제 역시 같은 생각이었던 듯 저마다 입가에 쓴웃음을 지었다.

하지만 처음에 약속한 대로 제지는 없었다.

아연실색해 있던 참관객들만이 크게 술렁이는 와중, 이 자리에서 가장 당황한 것은 대신관과 그의 측근들이었다.

멍하니 있던 한 노신관이 퍼뜩 정신을 차리고 노기를 드러냈다.

"말씀을 주의해 주십시오. 예의범절도 지키지 않고 어찌 이러십니까."

"송구합니다. 하지만 좀 답답해서."

전혀 송구하지 않은 얼굴로 고개만을 까닥, 하는 아렌트를 본 신관들이 입을 쩌어억, 벌렸다.
"하지만 이해해 주시길 바랍니다. 누구는 현장에서 매일같이 구르고, 싸우고, 조사하느라 잠도 못 잘 지경이었는데 그리 일축해 버리시니, 개인적으로는 심히 유감스러울 수밖에요."
"……아렌트 경이십니까? 이야기는 많이 들었습니다."
"그렇습니까? 저도 이렇게 만나 뵙게 되어 정말 반갑습니다, 대신관님."
반갑다는 말을 어떻게 저리도 반갑지 않게 말할 수 있는지.
대신관이 간신히 마음을 다잡은 것도 순식간에 무의미해지고 말았다.
혼란에 빠진 신전의 수장이 어떻게 대답해야 할지 감도 잡지 못하는 동안, 좌중의 술렁임은 더욱 커졌다.
그럼에도 견습 기사는 뻔뻔하게 대신관을 마주 볼 뿐이었다.
황태자와 단장들의 눈치를 본 아서와 리히트도 사고뭉치 후배를 말리려던 손길을 슬며시 거뒀다.
드디어 알아차린 것이다.
제 상관들이 일부러 저 미친개의 목줄을 풀어 버린 것이라고.

그렇다고 해서 무작정 달려 나가는 건 또 아렌트 방식이 아니지.

견습 기사는 지금 천천히 준비 운동을 하는 중이었다.

짧게 웃은 황제가 슬쩍 등을 떠밀어 주었다.

"아렌트 경, 경이 지금껏 알아낸 건 어떤 것들이지? 사정을 잘 모르시는 분들도 계실 테니, 경이 직접 설명해 주면 좋겠군."

"황성 골목에 있던 놈들의 은신처에서 '부서진 심장의 검'이 사용하는 문양을 발견했습니다. 놈들이 자금줄로 사용하던 거래소와 그리그 전 후작이 숨겼던 마정석 광산, 뭐…… 자잘한 것은 생략하겠습니다."

아렌트는 보란 듯이 손을 꼽아 가며 하나하나 읊기 시작했다.

"저는 지금 화두에 오른 악신, 체르니온의 신전을 발견한 현장에도 있었고, 구울 토벌 역시 라이오스 단장님과 함께했습니다. 그 과정에서 겸사겸사 드래곤 구울을 토벌했으며, 새로이 발견된 신종 구울도 얼마 전에 단장님들과 함께 토벌한 바 있습니다."

"……"

고작 견습 기사의 것이라고 하기에는 과하게 화려한 경력들이었다.

대신관마저 잠깐 할 말을 잃은 사이, 아렌트가 고개를

삐딱하게 기울이며 말을 이었다.

"이 모든 과정 중 단장님들과 황태자 전하, 그리고 저는 악신이 실존하며, 그 추종자들이 활동을 시작했다는 것을 두 눈으로 똑똑히 확인했습니다."

어디 한번 반박해 보시지, 라는 눈으로 아렌트는 대신관을 똑바로 쳐다보았다.

잠깐 멈칫하던 테오도르 대신관이 다시 운을 뗐다.

"추종자들이 제국에 해악을 끼치는 것은 사실입니다. 악신의 존재 역시 무시할 수 없다는 것도 옳으신 말씀이십니다. 그러니 더욱, 양지로 끌어 올려서는 안 된다는 말씀을 드리고 싶습니다."

"……."

아렌트는 당장 대답하지 않았다.

어디 한번 더 이야기해 보라는 것 같은 건방진 눈빛에 노기가 치솟았지만, 대신관은 마음을 다잡고 아이를 달래는 것처럼 말을 이었다.

"이름과 신앙을 얻으면 악신은 강해집니다. 악신의 목소리에 설득력이 실리고, 실체가 드러나면 드러날수록 적은 더욱 기고만장해지겠지요. 그리고 그것을 견제하는 것은 분명 신전의 역할입니다."

대신관의 발언이 끝나고 잠시 후, 아렌트가 천천히 고개를 끄덕였다.

"악신교가 퍼지는 것을 막는 것이 신전의 역할이고, 조사를 막는 것은 혹여 어리석은 사람들이 함부로 그를 찬양할까 봐 염려하신 것이다, 이렇게 이해하면 되겠습니까?"

"……그렇습니다."

순순히 돌아온 말에 대신관은 약간의 불안감을 느끼면서도 고개를 끄덕였다.

그런 취지로 한 말이라는 것은 틀리지 않았으니까.

"그리고 하나 더 한 가지 확인하고 싶은 것이 있습니다만, 신전과 황실은 서로 크게 개입하지 않는 것이 원칙이라고 들었습니다. 그리고 대신관님께서는 그것을 아주 중시하신다고요."

"그 또한 그렇습니다."

"악신 신전 조사를 금지하신 것도, 정보 배포를 막으신 것도 신전의 행사이니 황실에서는 간섭하지 말아 줬으면 좋겠다…… 이런 입장이신 것 같습니다만."

"……예, 그렇게 이야기했지요."

그 역시 지금껏 한 말과 일맥상통한 내용이었지만, 가만히 듣고 있자니 어째 기분이 묘해졌다.

대신관의 답을 들은 아렌트는 힐끗 황제와 황태자 쪽을 일별하고는, 다시 신관들이 나란히 앉은 쪽을 향해 시선을 주었다.

도대체 무슨 말을 하려고.

긴장한 사람들의 시선들이 아렌트에게 모였다.

그 순간, 아서와 리히트는 빌어먹을 후배 놈의 입가에 흡족한 미소가 걸리는 것을 보고야 말았다.

언젠가 본 적 있는 미소였다.

가령, 놈이 에크하르트 백작과 절연을 선언한 황실 회의 때라거나.

"……저거 준비 운동 끝났네."

"그냥 너도 다물고 있어라, 아서."

아서가 망연히 중얼거리자, 리히트가 입술만을 움직여 후배를 닥치게 만들었다.

선배 둘이 그러거나 말거나 후배 견습 기사는 유난히도 선명한 미성으로, 상큼하게 선언했다.

"그렇다면 문제는 해결됐네요. 악신교 일에서 황실 기사단은 아예 손을 떼는 것이 낫겠습니다. 알아서들 잘해 보십시오."

……라고.

회의실이 순식간에 쥐 죽은 듯이 고요해졌다.

단장들은 서로 시선을 피하기 시작했고, 황태자는 관자놀이를 꾹꾹 눌렀다. 황제까지 와선 아예 입을 틀어막고 바들바들 떠는 중이었다.

눈이 웃고 있어 거의 소용없었지만.

라이오스조차 고개를 들어 올려 한숨을 내쉬었다.

다들 각각의 방법으로 감정을 표출했지만, 생각하고 있는 건 단 하나였다.

이제 저놈을 말릴 수 있는 사람은 아무도 없다, 고.

하지만 상상도 하지 못한 방향으로 얻어맞은 신관들이 완전히 넋을 놓아 버린 가운데, 아렌트의 말이 청산유수처럼 쏟아졌다.

"아, 인수인계 정도야 해 드리겠습니다. 이쪽에서 진행하던 연구와 수사 등등…… 제법 도움이 될 겁니다. 그러면 일정에 큰 차질은 없겠지요?"

"저…… 저……."

"이것 참, 저희가 주제넘었습니다. 놈들이 진짜든 가짜든 악신이라는 이름을 댔다는 걸 안 이상 신전 측에 수사권을 완전히 넘겼어야 하는데. 송구합니다."

팔짱까지 척 낀 채 뻬딱하게 대답하는 모습이 참 가관이었다.

"대신관님 말씀에 따르면 이게 옳은 방향이지요. 제 말 틀렸습니까?"

지켜보던 이들은 모두 아연실색했다.

결국 노기를 참지 못한 신관이 자리에서 벌떡 일어났다.

"경, 지금 무슨 말을 하는 겐가!"

"신전에도 경비 인력 정도야 있을 테고, 아니면 신전 예산으로 용병들을 고용하는 것도 괜찮겠네요. 아니면 전투 신관을 제대로 육성해 보는 것도 좋을 듯합니다. 루체 님의 신성력이라면 전투에 활용하는 것도 가능하겠지요."

하지만 아렌트는 여전히 차분하기만 했다.

"지금까지 말씀하신 게 결국은 이런 거 아닙니까? 서로의 선을 지키며 각자 할 일을 하자고요. 그리고 루체 님의 영광을 지키는 것은 오롯이 신전의 몫이니 신전의 권고를 들어 달라…… 아니면 제가 잘못 이해한 겁니까?"

"그게 어찌 그리되는가! 황제 폐하와 황태자 전하, 그리고 황실 기사단의 노고야 이미 잘 알고 있네. 하지만 이번 건은, 단지 이후의 상황이 우려되어 조언을 건네는 것뿐이네."

"우려라는 것을 하시려면, 우선은 현장 상황부터 정확하게 파악하셔야 합니다."

미소를 머금던 얼굴이 굳고, 차갑게 식은 황금색 눈동자와 정면으로 눈을 마주친 신관이 주춤했다.

"지금까지 뒷짐 지고 구경만 하시다가 수습 다 해 놨더니 이런 식으로 나오시면, 현장에서 발로 뛰는 입장에선…… 조금 곤란합니다만."

"자네들이 고생하지 않았다는 게 아니네. 하지만 대신관님의 말씀은……."

"말만으로 그리 치하하시니 그것 참 감사해서 몸 둘 바를 모르겠습니다."

"아렌트 경!"

결국 논쟁을 벌이던 신관이 참지 못하고 호통을 쳤다.

"가만히 듣자 하니 너무 방자하군. 황제 폐하와 대신관님도 계신 자리에서 이리 무례하게 굴다니, 도리가 아니네!"

"그러시다면 방자하다, 무례하다, 이런 말만 계속 반복하지 마시고 뭔가 제대로 된 반박부터 해 보십시오. 제 언사가 다소 거칠었음은 인정합니다만, 틀린 말은 하지 않았습니다."

하지만 그와는 정반대로, 아렌트의 어조는 처음부터 끝까지 전혀 변하지 않았다.

감정이라고는 하나도 비치지 않는 무미건조한 눈이 맞은편의 신관들을 천천히 훑어보았다.

"황태자 전하께서 직접 검수하시고, 현장에서 직접 적들과 맞서 싸우시는 단장님들이 직접 작성하신 청원서를 단칼에 거절해 버리시는 것이야말로 월권행위라고 생각합니다."

"……."

단장들의 청원이 거절되었다는 것은 아직 널리 알려지지 않은 사실이었다.

귀족들이 다시금 술렁이기 시작한 가운데, 황금색 눈동자가 최종적으로 닿은 곳은 다름 아닌 테오도르 대신관의 자리였다.

"대화를 청할 기회는 이전에도 얼마든지 있었습니다. 하지만 황제 폐하께서 직접 나서신 뒤에야 이야기 정도는 들어 주겠다, 라는 태도로 나오신다면, 이쪽은 매우 불쾌할 수밖에 없다는 말씀을 드리고 싶은 겁니다. 대, 신관님."

"……."

대신관은 입을 꾹 다문 채 대답하지 않았다. 하지만 테이블 위에서 꽉 쥐여진 노인의 주름진 주먹이, 그가 지금 얼마나 분노했는지를 충분히 짐작케 했다.

그것을 보다 못한 한 노신관이 대신 입을 열었다.

"……친애하는 황제 폐하, 그리고 황태자 전하. 저 방만한 청년이 자리를 흐리는 것을 두고만 보고 계시겠습니까?"

"허허. 이 자리는 의견을 교환하려 마련되었으니, 젊은이의 입을 막는 것도 도리가 아니지."

하지만 황제는 곤란하다는 웃음만을 지을 뿐이었다.

이쯤 되면 견습 기사를 제지할 만한 단장들도 그저 침묵을 지키는 가운데, 황태자가 살짝 미간을 찌푸리며 첨언했다.

"제가 대신 사죄드립니다. 말버릇이 조금 나쁘긴 하나, 사리분별은 분명히 하니 적당히 걸러 들어 주시면 감사드리겠습니다. 아렌트 경, 말은 조금 골라서 하는 것이 좋겠어. 점잖은 신관님들께서 듣기 불편해하시는군."

"송구합니다."

"내가 오랫동안 은거한 바람에 현 정세를 잘 숙지하지 못했을지도 모른다며 염려하는 목소리들이 들리더군. 뭐어, 그것도 옳은 말이긴 하네."

건성으로 아렌트가 고개를 까닥하자 황제까지 장난스럽게 웃으며 덧붙였다.

"아렌트 경은 누구보다도 자주 현장에 드나들었으니 현황을 잘 알 터. 잘 모르는 나보다는 아렌트 경이 발언하는 게 조금 더 도움이 되겠지."

신관들의 얼굴이 새파랗게 질렸다.

당연한 일이었다.

언젠가 나누었던 불경한 대화가 고스란히 당사자에게 들어갔다는 뜻이었으니까.

그 모습을 가만히 지켜보던 켄드릭이 헛웃음을 터뜨렸다.

"그렇지 않아도 무시무시하던 언변이 아주 날개를 달았군."

"저희는 참석할 필요도 없었던 것 아닙니까?"

다이아나 역시 질린 얼굴로 속삭였다.

오른쪽 어깨에 황제, 왼쪽 어깨에 황태자라는 뒷배를 단 놈의 주둥이는 거의 재앙에 가까웠다.

"그런데…… 진짜 솔직하게 말해서, 십 년 묵은 체기가 한꺼번에 내려가는 것처럼 시원하군."

"……."

차마 부정할 수가 없었다.

다이아나는 자신 옆에 앉은 라이오스를 힐끗 보았다.

평소와 같은 무표정이지만 의외로 읽기 쉬운 시선은, 꼭 물가에 내어놓은 어린애를 보는 것처럼 아렌트를 불안하게 응시하고 있었다.

'이 녀석도 정상이 아냐.'

저 괴물 같은 놈을 애 취급할 수 있다니.

"……그리 느끼셨다면 제가 잘못한 거겠지요. 사과드리겠습니다. 하지만 저는 진실로 걱정되는 마음에 제안을 드린 것입니다. 하나 더 첨언하자면, 아렌트 경께서는 신앙이 없으시다고 압니다. 그러니 이해 못 하시는 것도 무리가 아닙니다."

"저는 신앙이 없지만, 폐하와 전하께서는 있으십니다. 이 자리에 있는 단장님들과 제 선배들도 마찬가지고요. 단지 신앙만의 문제가 아닙니다. 이것은 실리의 문제지."

겨우겨우 분기를 가라앉힌 대신관이 천천히 입을 열자

아렌트가 차갑게 반박했다.

"황궁과 신전이 따로 운용된 것은 분명 서로를 바른 방향으로 이끌려는 것입니다. 그러니 황궁 역시 대신관님의 잘못을 지적할 권리는 충분하지요."

"지금 잘못이라고 하셨습니까?"

"네, 실무 사정을 배제한 탁상공론은 과오 중의 과오니까요."

간신히 감정을 억누르던 대신관의 어조에서 다시 노기가 내비치기 시작했다.

"저는 기사단의 사정을 배제하지 않았습니다. 필요한 보호라고 말씀드리지 않았습니까?"

"같은 말씀만 계속 반복하고 계신다는 점부터 설득력이 떨어지십니다. 우선 그 점부터 지적하고 싶습니다만 일단 차치하고, 적이 실체를 얻으면 더욱 감당하기 힘들어질 거라고 말씀하셨지요. 이건 터무니없는 주장입니다."

"어째서 터무니없다고 말씀하십니까?"

"그야, 적은 이미 실체가 있으니까요. 황궁 홀에 장식된 드래곤의 유해가 그저 장식으로 보이십니까?"

약간의 짜증이 실린, 하지만 분명한 뜻을 담긴 목소리가 회의실 전체를 집어삼켰다.

모두가 숨을 죽인 그 순간, 아렌트는 틈을 놓치지 않고 빠르게 말을 이었다.

"걸어 다니는 시체가 수천 구에 오크와 와이번, 그리고 심지어는 드래곤의 구울까지 나타났습니다. 그게 단지 괴짜 몇 명이서 취미 삼아 만든 것처럼 보이십니까?"

"……."

"게다가, 다른 나라에서 벌어진 폭동 사건은 이미 들으셨을 겁니다. 그건 이미 대신관님께서 신전 조사 및 정보 배포를 금지한 뒤에 벌어진 일입니다."

"……."

"즉, 대신관님이 내리신 조치는 전혀 도움이 못 되었다는 겁니다. 이해하셨습니까?"

그 누구보다도 아렌트에게만 어울릴 오만한 어조와 가르치는 듯한 태도는 노신관들의 공분을 다시금 사기에 충분했다.

"저, 저, 무례한……!"

"아렌트 경, 어조는 주의해 주게. 하고 싶은 말을 숨기지 않고 쏟아 내는 태도는 칭찬할 만하다만."

하지만 신관들은 뒤이어진 황제의 부드러운 말에 다시 입을 다물 수밖에 없었다.

황제가 아무것도 모르고 그런 명령을 내렸다며 뒤에서 운운해 댄 것이 찔린 탓이었다.

조용해진 신관들을 힐끗, 일별한 아렌트가 전혀 죄송하

지 않은 얼굴로 담백하게 사과했다.
"죄송합니다."
"……."
정말, 사람 속 뒤집는 데는 따라갈 사람이 없었다.
"하지만, 이미 있는 것을 있다고 할 뿐인데 없다고 주장하시면, 도대체 뭐라 말씀드려야 할지……."
"……."
"구울들이 발견된 굴에라도 직접 가 보시겠습니까? 시체 썩은 내가 가득하고, 루체 님의 은총조차 닿지 않는 곳에요."
"……."
보이지 않는 곳에서 주먹을 꽉 쥔 대신관은 참관객들을 살펴보았다.
어린 견습 기사의 시건방진 언사에 기함하던 아까와는 달리, 지금은 놈의 이야기에 귀를 기울이고 있는 것처럼 보였다.
아무래도 황제와 황태자가 힘을 실어 준 것이 요인인 것 같았다.
"그건……."
"하지만 대신관님이 고작 그런 것조차 고려하지 않으셨을 리는 없고. 조사를 금지한 것에 다른 의도가 있으셨던 것은 아닙니까?"

"그건 또 무슨 망언인가!"

겨우 입을 열려고 했지만, 적절하게 튀어나온 말에 결국 대신관은 또다시 이성을 잃어버리고 말았다.

상황을 관전하던 이들도 당황해 술렁이기 시작하고, 잠자코 있던 루미엘 신관까지 끼어들었다.

"아렌트 경, 말씀이 과하십니다."

"죄송합니다, 루미엘 신관님. 하지만 한 번쯤은 짚고 넘어가야 할 부분이라고 여겨서요."

짧게 사과한 아렌트가 다시 대신관을 똑바로 바라보며 말을 이었다.

"말씀하신 대로, 저는 신앙을 잘 모르니 실리와 이익만을 따져 생각할 수밖에 없습니다. 그러니 이런 의문도 들 수밖에 없습니다. 혹여 대신관님께 다른 의도가 있지 않으신가, 하고요."

쾅!

대신관은 결국 테이블을 내리치며 자리에서 벌떡 일어났다.

"살면서 자네만큼 불경한 젊은이는 처음 보는군. 다른 의도라니, 그게 무슨 뜻인가? 내가 부당한 이득이라도 탐냈다는 말인가?"

"대신관님, 필요 이상으로 흥분하시면 몸에 안 좋습니다. 그리고 체면에도 그리 좋지 않으실 테니……."

"폐하! 그냥 지켜만 보고 계실 겁니까? 이것은 모독입니다!"

대신관이 목에 핏대까지 세우며 외쳤지만, 황제는 대답하지 않았다.

대신 아렌트가 느긋하게 덧붙였다.

"다시 강조합니다만, 한 번쯤은 짚고 넘어가야 할 문제입니다. 말씀하신 대로, 이 천둥벌거숭이 같은 견습 기사 놈이 대신관님을 모욕하려고 쓸데없는 소리를 지껄이는지……."

황금색 눈동자가 소리 없이 움직여 좌중을 천천히 훑어보고, 이내 청년의 입가에 보기 좋은 미소가 떠올랐다.

"아니면 진짜 뭔가 아는 게 있어서 이리 건방지게 나오는 건지. 그래야 대신관님도 저를 벌하시든, 아니면 변명을 하시든 하실 것 아닙니까?"

그저 신성하고, 성역이여야만 할 대신관의 스캔들. 그것만큼 재미있는 구경거리는 없었다.

찬반 논의를 하러 모여든 이들은 이미 아렌트의 일인극에 푹 빠져 눈을 동그랗게 뜨고 이쪽을 바라볼 뿐이었다.

심지어는 같은 편인 신관들 역시 아무도 나서는 자가 없었다.

그리고 대신관은 그런 기류를 알아차리지 못할 만큼 둔한 사람이 아니었다.

이미 흐름은 완전히 아렌트 폰 에크하르트 손안에 있었다.
 대신관의 주름진 얼굴이 순식간에 사색이 되자, 아렌트가 씨이익 웃으며 선심 쓰듯 한마디 했다.
 "대신관님. 그리 노하실 것이 아니라, 이럴 때는 웃으시면 됩니다. 그래야 나중에 덜 민망하거든요."

3장. 완전무결한 것은 없다

완전무결한 것은 없다

"……황태자, 이건 합의된 사항인가?"
"네, 단장들도 이미 알고 있습니다."
황제가 칸타레스에게만 들릴 정도의 목소리로 묻자, 황태자 역시 티 나지 않게 고개를 끄덕이며 대답했다.
뭔가를 보여 주겠다고 하더니, 저 타고난 광대 놈은 정말로 그럴 셈인 모양이었다.
저절로 헛웃음이 튀어나왔다.
"거기까지 기대하지는 않았는데."
"폐하께서는 모르실 겁니다. 저놈이 오늘을 얼마나 고대했는지요."
아렌트에게 필요했던 것은 말 그대로 자신이 날뛸 수 있는 무대뿐. 황제가 뒤를 봐주기로 시작한 시점에 이미

이 이야기의 끝은 정해져 있던 것과 마찬가지였다.

소란이 벌어질 법도 했지만 장내는 그저 고요하기만 했다.

어느 쪽이 옳은지 갈피를 잡지 못한 관객들은 잔뜩 긴장한 채 아렌트와 대신관을 번갈아 보기만 했다.

"……아렌트 경. 근거 없이 그런 말씀을 하시는 거라면, 저는 정말로 크게 실망할 수밖에 없습니다."

누구 하나 선뜻 나서지 못하는 상황에, 루미엘 신관이 침착하게 입을 열었다. 그녀의 심유한 시선이 자신에게 닿자 아렌트가 고개를 비스듬히 기울였다.

"하지만, 루미엘 신관님. 신관님은 저를 잘 아시잖아요."

"……그렇지요."

과감하지만, 한편으로는 무서울 정도로 철저한 게 아렌트였다.

가만히 듣기만 하던 신관 중에서도 원로급 한 명이 목소리를 낮게 깔고 으르렁거렸다.

"자네는 도대체 무슨 말을 하고 싶은 겐가."

"대신관님도 사람이시니, 자신의 이득을 좇아 움직이는 것은 당연한 일이라고 생각하지만…… 굳이 신앙으로 포장하시니, 그 부분을 지적할 수밖에요."

아렌트가 천연덕스럽게 어깨를 으쓱했다. 그에 반해 대신관의 얼굴에는 이제 여유라곤 전혀 남아 있지 않았다.

"지금 이 대신관을 겁박하는 겁니까."

"전 아직 그렇게까지는 말씀드리지 않았습니다만, 협박당하실 약점이라도 있으신 듯합니다?"

어린 기사의 황금색 눈동자가 보기 좋게 휘어졌다.

아이러니하게도, 황궁과 신전 내에서 아렌트의 이름이 가지는 신뢰도는 함께 다니는 악명만큼이나 높았다.

암만 미친개라고 한들, 그는 풀려나는 족족 사냥감을 잡아채 의기양양하게 돌아오곤 했으니까.

실상은 아렌트가 쳐 대는 사고를 감당하지 못한 황태자와 단장들이 두 손 두 발 다 든 것에 가깝긴 하지만, 어쨌든 겉보기에는 그랬다.

그러니 신관들은 바짝 긴장할 수밖에 없었다.

그들의 불안을 읽기라도 한 듯, 대신관이 더욱 단호하게 호통을 쳤다.

"더 이상 들을 것도 없다. 터무니없는 말재간으로 신성한 회의를 흐리다니, 신께서 결코 용서하지 않으실 걸세!"

"용서하고 마시고는 저 위에 계신 그분이 정하실 일이죠. 이왕 뚫린 입인 거, 더 떠들어 보겠습니다. 얼마 전 슈타들러 백작님 연구실에 들렀는데, 거기에서 작은 소란이 있었습니다."

갑자기 바뀐 화제에 사람들이 어리둥절한 얼굴이 되었다.

잔뜩 긴장해 아렌트를 잡아먹을 듯이 노려보던 대신관 역시 턱에서 힘이 빠진 듯 입을 살짝 벌렸다.

"어떤 어중이떠중이들인지는 모르겠는데, 그쪽 연구원으로 침투한 간자들이 있었더라고요. 감히 황실 기사를 미행하기까지 했고요. 굉장히 어설펐지만."

"……허, 허허허."

가만히 듣던 대신관이 허탈한 웃음을 터뜨렸다.

"어처구니가 없군. 그게 나와 무슨 상관인가? 설마 나도 거기에 끼었다고 트집을 잡을 생각은 아니겠지?"

"그것도 재미있겠습니다만, 좀 약하죠. 다른 사람한테 충분히 뒤집어씌울 수 있는 문제인 데다가, 아니라고 잡아떼면 그만이잖습니까. 하지만 굳이 그걸 먼저 언급한 건……."

아렌트가 참관인 쪽을 힐끗 일별했다.

"거기, 지금 당장이라도 도망치고 싶어서 엉덩이 들썩대는 몇 분들 발목이나 좀 잡아 볼까 하고."

"……!"

여기저기에서 숨을 들이켜는 소리가 났다. 몇몇은 엉거주춤하게 몸을 일으켰다가 은근슬쩍 다시 자리에 앉는 모습도 보였다.

'역시 슈타들러 백작님.'

백작은 붙잡은 놈들을 적절한 협박과 회유를 활용해 자

신 편으로 구워삶았다.

 거기다 배신의 대가로 질 좋은 마정석을 몇 개씩 건네받은 첩자들은 이미 발각당했다는 사실을 제 고용주들에게 숨겼고…….

 그 결과, 꾸준히 돌아오는 가짜 보고를 들으며 안심하던 배후들은 황태자의 초청을 받고 이 회의를 직접 참관하러 들어온 것이다.

 제 발로 함정에 기어 들어가는 꼴이라는 것은 전혀 눈치채지 못한 채로.

 참관객 중 몇 명, 명백하게 안색이 달라진 이들을 차갑게 훑어본 아렌트가 다시 대신관 쪽으로 시선을 주었다.

 "저는 그 사태를 좌시할 수는 없다고 판단했습니다. 백작님은 악신교와의 싸움에 가장 크게 기여를 하고 계시거든요."

 "……."

 "고작 개개인의 욕심 때문에 루체 님의 이름과 제국을 지키는 데에 방해 공작을 펼치다니. 절대로 있어서는 안 될 일 아닙니까?"

 마치 평상시에 대화하는 것처럼 평탄하기만 한, 하지만 유난히도 귀를 기울이게 되는 미성이 회의실을 가득 채웠다.

 자리에 앉은 상태로 그저 담담히 이야기를 풀어 나갈

뿐인데도 사람들은 그에게서 시선을 뗄 수가 없었다.

"딱히 큰 피해는 없었다. 하나…… 위장이 좀 뒤틀리더라고요. 그래서 뒷조사를 좀 해 봤습니다."

"뒷조사, 라고……?"

"네. 아시다시피 저는 기사도 따위는 진흙탕에 처박아 버린 지 오래인 데다 예의나 버르장머리도 없는 놈인지라, 좀 치사한 방법을 썼습니다."

누군가가 황망히 묻는 말에 아렌트는 간단히 고개를 끄덕여 주었다.

"그런데 조사 과정에서, 대신관님."

"……."

"어째서인지 당신의 이름도 종종 들려오던데요. 이 점은 대신관님의 해명이 좀 필요할 것 같습니다."

"나는 부정한 짓을 저지른 적 없다!"

대신관이 초조하게 외쳤다. 하지만 지금 이 자리에서 그의 말을 진실로 믿는 사람은 얼마 없는 것처럼 보였다.

"대신관님."

싸늘하게 가라앉은 목소리에 노인이 흠칫했다.

아렌트는 그를 똑바로 바라보며 차근차근 말했다.

"제아무리 인간 같지도 않은 놈이라고 하더라도 신 앞에서는 경건해질 수 있습니다. 신앙을 가지는 건 자유니까요. 그런 사람들을 위해서 기도하는 것 역시 성직자라면 당연히 할 수 있는 일입니다."

"그만, 그만해라."

"하지만요, 대신관님. 그 기도에 대가가 있다면 그건 좀 곤란하지 않을까요?"

"그만하라고 말하지 않았나!"

대신관의 쩌렁쩌렁한 호통이 루체 신의 신상 앞에서 터져 나왔다.

그제야 제 실수를 깨달은 노인의 두 눈이 흔들리기 시작했다.

평소라면 이 정도 일에 전혀 동요하지 않았을 대신관이었지만, 아렌트의 절묘한 도발에 어느새 평정심을 잃어버린 뒤였다.

그 상태에서 약점을 찔렸으니, 그답지 않게 곧이곧대로 반응해 버린 것이다.

명령대로 아렌트가 순순히 입을 다물자 대신 그 자리에 싸늘한 침묵만이 자리 잡았다.

대신관은 떨리는 눈동자로 좌중을 둘러보았다.

아렌트 폰 에크하르트의 입만을 바라보던 시선들이 어느새 홀로 우뚝 서 있는 대신관에게 꽂혀 들고 있었다.

명백한 혼란과 경멸을 담은 채.

쿵. 쿵. 쿵.

심장이 빠르게 뛰었다. 손발이 떨리며 등골을 타고 식

은땀이 흘러내렸다.

"저 어린놈이 얼토당토않은 소리를……!"

"백작이 보내 준 명단에는 대신전에 많은 금액을 기부해서 감사장까지 받은 이가 있었습니다."

노신관 한 명이 급하게 다시금 열릴 아렌트의 입을 막으려는 그 순간, 황태자가 불쑥 끼어들었다.

"조사 결과, 그놈이 밀수업에 돈을 대고 있다는 것이 밝혀졌습니다만. 그 수익금 중 일부가 해안 지역의 신전으로 꾸준히 흘러드는 것을 확인했습니다."

"그래서 혹시나 하는 마음에 백작님의 연구실에 사람을 잠입시킨 배후들을 좀 더 캐 봤습니다. 아니나 다를까, 대신전에 꾸준히 돈을 갖다 바치는 놈들이 있더라고요."

칸타레스의 말을 아렌트가 받아 이었다.

"한시가 급한 사항이라고 여겨서 몇 명은 제가 직접 찾아가 심문했습니다. 역시나 멀리 계신 루체 님보다는 가까이에 있는 주먹이 더 무서운 법이죠."

즉, 의심 가는 이들을 직접 찾아가 두들겨 패며 협박했다는 소리였다.

일동은 침묵할 수밖에 없었다.

그거야말로 아렌트만이 할 수 있는 짓거리였다.

"제법 재미있는 이야기를 들었습니다. 대신관님의 부

탁으로 간자를 밀어 넣었고, 혹여 발각당했을 때는 온전히 자신이 뒤집어쓰기로 했다고요."

아렌트는 품에서 영상 기록석을 꺼내 테이블 위에 올려 두었다.

그렇게 받아 낸 증언을 담아 둔 거였다.

"그밖에도 신전에 기부한 금괴 수십 개 중 몇 개는 대신관님께 사적으로 선물했다는 것, 그런 식으로 뇌물을 바치는 놈들이 제법 있다는 것…… 대가는 대신관님이 직접 내려 주시는 축복이었고요."

그렇게 대신관에게 뇌물을 주었다는 명단을 더 확보했고, 황태자는 그들을 참관객으로 회의실에 앉혀 뒀다.

대신관을 압박할 무대 소품으로.

그것도 딱히 어려운 일은 아니었다. 대신관의 숨은 측근을 자처하던 이들이니, 이번 회의를 지켜볼 수 있는 기회를 놓칠 리가 없었다.

"마음 둘 곳이 없어 도박에 빠진 어린 신관을 감싸 주실 아량은 없으셨으면서, 대가를 받아 베풀 축복은 있으셨던 모양이지요."

"……."

"멋집니다. 고작 금붙이 정도로 루체 님의 축복을 살 수 있다니. 저도 좀 부탁드려도 될까요? 아시다시피 위아래도, 신도 모르는 불경한 놈이라 불벼락이라도 떨어지면 곤란해서요."

아렌트가 씨이익, 비릿한 미소를 그리며 대놓고 조롱했다.

하지만 대신관은 더 이상 그 점을 지적할 수 없었다.

언제나 바른 말만 하던 입술은 꾹 다물린 채 거친 숨소리만 내뱉었으며, 허공을 헤매는 동공은 마음속의 큰 혼란을 고스란히 비쳐 냈고, 탁자 위에 올라간 양손이 덜덜 떨렸다.

아니, 떨리는 것은 손만이 아니었다. 그의 노쇠한 몸 전체가 경련을 일으키고 있었다.

그를 가만히 지켜보던 황제가 천천히 한숨을 내쉬었다.

"일의 진위를 가리기 전에…… 일단 회의를 폐정하는 것이 좋겠군. 논의는 다음으로 미루세. 대신관의 몸 상태가 좋지 않아 보이니."

"폐하, 저는……!"

"더 이상 말하지 말게. 루미엘 신관, 대신관을 모시고 들어가게. 안정을 찾는 것이 좋겠어."

퍼뜩 정신을 차린 대신관이 덜덜 떨리는 목소리로 변명하려 했지만, 황제는 냉담하기만 했다.

참관객 틈에 낀 몇몇 귀족들의 상태도 대신관과 크게 다르지 않은 공황 상태였다.

턱을 덜덜 떨던 대신관이 악을 쓰기 시작했다.

"저는, 저는 그저 방황하는 자들을 이끌어 주었을 뿐입니다. 그게 무슨 흠이라는 말입니까? 모두 다 신전을 위해……!"

"이끌어 주셨다는 그치들이, 슈타들러 백작님에게 해코지를 하려고 했죠."

아렌트의 평탄한 어조가 대신관의 말을 중간에 뚝 끊어 버렸다.

"그자들은 악신과 드래곤 연구 자료를 빼돌리고 진척을 방해하려고 했습니다. 거기에 대신관님의 의지가 없었다는 걸 증명하실 수 있으십니까?"

이미 회의는 목적을 잃어버린 채 파국에 다다르고 있었다.

대신관은 더 이상 아무런 말도 하지 못한 채 숨을 헐떡였고, 신관들은 차마 그의 편을 들 엄두조차 내지 못한 채 시선을 내리깔았다.

그 꼴을 지켜보던 견습 기사가 아예 쐐기를 박았다.

"수사를 막는 것은 루체 님을 위해서다? 거듭 말씀드리지만, 그 주장에는 더 이상 신빙성이 없습니다. 대신관님이 그분의 이름을 제일 더럽히셨으니까요."

"대신관님!"

결국 참다못한 참관객 한 명이 벌떡 자리를 박차고 몸을 일으켰다.

"어찌 그러실 수 있으십니까? 루체 님을 가장 가까이에서 모셔 온 분이 어찌……!"

 배신감에 가득 찬 비명을 시작으로, 회의실은 순식간에 아비규환이 되었다.

 지켜보던 이들은 이제 대신관에게 사실을 말하라며 아우성이었고, 그 틈을 타 도망치려던 몇몇은 옆 사람에게 뒷덜미가 붙잡혀 가루가 되도록 비난당했다.

 그리고 자신이 만들어 낸 아비규환을 흐뭇하게 바라보는 미친놈 하나까지.

 찬란한 햇살 아래에 우뚝 선 루체의 신상이 그 모든 것을 굽어보았다.

 정의를 상징하는 성검을 든 채, 사랑을 가득 담은 자애로운 눈으로.

* * *

"계란으로 바위 치기 운운하던 것치고…… 경에게 대신관은 너무 쉬운 상대였던 것 아닌가?"

 회의가 엉망으로 폐정된 뒤, 자리를 옮겨 다시 황태자의 집무실.

 제레온이 내온 차를 홀짝이며 황제가 넌지시 말하자 아렌트가 어깨를 으쓱했다.

"굳이 부정하지는 않겠습니다. 저도 너무 쉬워서 조금

당황했을 정도니까요."

"당황은 무슨. 아주 신바람이 나 있었던 주제에."

황제 가까이에 앉은 칸타레스가 짧게 투덜거렸다. 다른 단장들 역시 동의하며 고개를 주억거렸다.

"원래 지저분하던 사람이야 흙탕물 몇 방울 튄다고 해서 별 티도 안 나겠지만, 꾸준히 완전무결을 주장하시던 분이니 끌어내리는 것도 별로 큰일은 아니죠."

"……."

대신관을 상대로 이런 말을 지껄이는 놈의 가공할 만한 성질머리와는 별개로, 말 자체에는 틀린 바가 없었다.

청빈을 강박적으로 챙기던 대신관이 설마 그런 비행을 저지르리라고 누가 상상했을까. 황제가 있는 자리에서도 분을 참지 못할 정도였으니, 참관객과 신관들이 느낀 배신감이 어느 수준인지는 말 다 한 셈이었다.

"그나저나 대신관은 어째서 그런 짓을 한 거지? 나 역시 오랜 시간을 봐 왔지만, 물욕이 그리 큰 친구는 아니었는데."

"물욕은 없으셔도 권력욕은 차고 넘치셨으니까요. 마음이 좀 급하셨던 것 아닐까요?"

황제가 턱을 쓸어내리며 넌지시 묻자 아렌트가 답을 내주었다.

"루체 님 핑계를 대긴 했지만, 결국 신전 조사를 방해한 것도 황실을 견제하려고 그런 것이고, 돈을 받아 챙기신 것도 그렇습니다. 상대방이 자신에게 고개를 조아리는 데에서 만족감을 느끼신 거죠."

아마 죄의식조차 느끼지 않았을 것이다.

자신은 잘못이 없으며, 저자들이 멋대로 뇌물을 건네주었고, 자신의 죄에 양심의 가책을 느끼는 이들에게 연민을 느껴 신의 이름으로 축복해 주었을 뿐이라고 합리화했겠지.

"단지 그뿐인 관계였는데, 최근 들어서 위기감을 더 크게 느끼신 겁니다. 악신교 문제로 황태자 전하의 위상이 훨씬 높아졌으니까요. 귀족들을 완벽하게 장악할 정도로."

"대신관이 황태자를 경계했다고?"

"네, 폐하께서도 물러나시는 상황에 자신 역시 그렇게 될까 봐 두려웠던 거겠죠. 그래서 평소 연이 있던 자들을 시켜서 슈타들러 백작님을 염탐하게 한 거고요. 거기에서 꼬리가 잡힌 겁니다."

"허……."

황제의 입에서 탄식이 터져 나왔다.

"결국 아렌트 경을 전면에 세우지 않았어도 해결될 수 있는 일이었군."

"그건 아마 힘들었을 겁니다. 아마 공식적으로 고발했

다면 어떤 식으로든 빠져나가셨을 게 분명하니까요."

칸타레스가 고개를 내저었다.

테오도르 대신관은 결코 만만한 상대가 아니었다.

자신의 사람을 주물러 적재적소에 사용하는 데에도 능하고, 특히나 신을 방패로 자신을 보호하는 데에는 아주 이골이 난 사람이었으니까.

거기에 아렌트가 첨언했다.

"대신관이라는 자리에 가진 사람들의 믿음은 상상 이상으로 견고하죠. 인간 자체가 조금 못미더워도, 그래도 대신관님인데⋯⋯ 다들 그렇게 여기니까요. 그 마음 자체가 대신관님의 무기였습니다."

하지만 그에게도 약점이 있었으니⋯⋯ 대신관으로 지내 오며 만들어 낸 완전무결한 자신의 이미지, 그 자체였다.

"그래서 공개적으로 망신을 줄 필요가 있었습니다. 그분이 쌓아 오신 청렴함의 가면이 완전히 박살 나면 자연스레 사람들의 신뢰도 깨질 테니까요."

이 촌극을 완성한 것은 아렌트 특유의 화술이었다.

건방지고 재수 없지만, 핵심만을 짚어 가며 교묘하게 상대방을 궁지로 몰아가는.

처음부터 신앙 운운하며 도발했던 것은 대신관의 주장에 모순이 있고, 심지어는 부정까지 저지르며 황태자의 일을 방해했다는 것을 사람들 앞에서 까발리기 위한 포석이었다.

"사실 쉬운 상대가 아니라고 생각했는데, 생각보다 곧이곧대로 넘어오셔서 좀 싱겁긴 했습니다."

"살면서 그런 조롱을 당해 보신 적이 몇 번이나 있었겠나. 면역이 없으니 당연히 말려드실 수밖에."

켄드릭이 떨떠름하게 하는 말에 견습 기사가 어깨를 으쓱했다.

"그래서 곱게 자란 사람은 안 된다는 겁니다. 인생에 굴곡도 좀 있어야지 이런 상황에도 대처할 수 있죠."

"아무리 산전수전을 겪는다고 한들, 네놈 같은 자연재해에 능숙하게 대처할 수 있는 사람은 없을 것 같은데."

"자연재해라고 말씀하시면서 얼씨구나 하고 사람 등 떠민 게 누구신데요."

질렸다는 듯 중얼거리는 다이아나에게 시큰둥한 대꾸가 돌아왔다.

그것도 부정할 수 없는 말이긴 했다.

이놈을 앞세우는 데 익숙해지게 되다니, 원리 원칙을 따지면서 정당한 절차를 밟는 것을 누구보다도 중시하던 시절이 그저 멀게만 느껴졌다.

달그락.

찻잔을 내려놓은 아렌트가 장난스러운 미소를 지으며

황제에게 은근한 시선을 보냈다.

"폐하, 어떠셨습니까? 즐거우셨습니까?"

"허허, 이것 참…… 골치 아픈 친구로군. 기대 이상이었네."

"그렇다면 폐하께서 제시하신 값을 제대로 치렀다고 생각해도 되겠습니까?"

대신관은 아마 재기하기 어려울 것이다. 사람들 앞에서 추한 모습을 보인 데다, 오늘 밝혀진 비리에 변명 한마디도 제대로 내어놓지 못했으니까.

그야말로 바라 마지않던 결과였으니 황제는 헛웃음을 터뜨리며 고개를 끄덕일 수밖에 없었다.

"그래, 인정하지. 재미있는 걸 구경시켜 줬으니 나 역시 제대로 값을 치러야겠군."

방금까지의 풀어진 분위기는 어디로 가고, 단장들은 다소 긴장한 채 황제를 보았다.

"대신관이 교체되면서 당분간은 황궁도 혼란스러울 터. 분명히 반발 세력이 생길 것이고, 매끄럽지 않았던 조사 과정을 지적하는 이들도 필시 나올 것이다. 아무래도 황태자 혼자 감당키는 어려울 것 같다는 생각이 드는군."

황제의 심유한 눈동자가 칸타레스를 향했다.

"어떠냐, 황태자. 내 도움이 필요한가? 물론 이미 저 녀석과 약속한 사항이라 선택권은 없지만, 일단 예의상 물어보지."

"……물론입니다, 폐하!"

잠시 멍하니 있던 황태자가 급하게 대답했다.

"그렇지 않아도 폐하의 지혜가 간절했습니다. 폐하께서 나서 주신다면 저야 더할 나위 없이 기쁠 것입니다."

"허허. 그렇게까지 말하니 어쩔 수 없군. 이 게으른 노구를 이끌고 움직이는 수밖에."

장난스럽게 미소 지은 황제는 곧 웃음기를 거두고 진지하게 한마디 덧붙였다.

"황태자, 내 아들아. 너무 빨리 과한 짐을 지게 만들어서 미안하구나."

"어…… 예?"

갑작스러운 말을 제대로 이해하지 못해 잠시 멍하니 있던 칸타레스가 퍼뜩 정신을 차리고 기겁하며 양손을 내저었다.

"어찌 그런 말씀을 하십니까? 저는 당연히 해야 할 일을 했을 뿐입니다."

"그리 말해 주니 고맙군. 그대들도 고생했네. 세대가 교체되는 혼란스러운 상황에서 젊은 황태자를 보필하는 게 쉬운 일은 아니었을 테지."

이번에는 황제의 시선이 기사단장들에게 닿았다.

한 나라의 지존과 눈이 마주친 기사들이 급히 고개를 숙이고, 켄드릭이 대표로 대답했다.

"당연히 해야 할 일을 했을 뿐입니다."

"그래, 앞으로도 황태자를 잘 부탁하네. 그리고 아렌트 폰 에크하르트 경."

"예, 폐하."

예를 취하는 대신 아렌트는 뻐딱한 자세를 바로 세우고 황제를 똑바로 마주 보았다.

황제가 이쪽을 더 선호한다는 것을 이미 알고 있는 탓이었다.

역시나, 자신과 시선을 맞춰 오는 당돌한 견습 기사의 태도가 마음에 들었는지 황제의 주름진 얼굴에 빙그레, 미소가 드리웠다.

"다음에도 종종 부탁하네. 덕분에 앞으로 무료하지는 않겠군."

"예?"

여전히 고개를 숙이고 있던 기사들이 소스라치게 놀라 눈을 동그랗게 떴다.

지금도 저놈을 감당하기 힘들어 죽겠는데, 황제마저 저리 나서면 앞으로 어떻게 될지 벌써부터 막막했다.

하지만 단장들의 그런 속을 알 리 없는, 그리고 알아도 전혀 아랑곳하지 않을 아렌트가 기분 좋게 보기 좋은 미소를 지었다.

"공짜로는 안 됩니다."

"푸하하하! 이런 고얀 놈을 봤나."

폭소를 터뜨리는 황제의 웃음소리를 뒤로하고, 라이오스가 오랜만에 쓰려 오는 위장을 움켜쥐었다.

"……송구합니다, 폐하. 예절 교육을 다시 시키겠습니다."

"포기해, 라이오스 경."

오히려 여태껏 포기하지 않았다는 게 더 대단한 부분이었다.

다이아나는 조용히 그의 등을 토닥여 주었다.

* * *

황궁과 대신전이 모두 발칵 뒤집어지고, 예상했던 대로 사방에서 항의가 빗발쳤다.

대신관을 모욕한 기사를 벌하라는 의견부터 대신전을 전수 조사해야 한다는 주장까지…… 서로 핏대 높여 싸움을 벌이는 이들로 황궁은 터져 나갈 지경이었다.

하지만 그 다툼은, 얼마 지나지 않아 테오도르 대신관이 자신의 죄를 모두 인정하고 은퇴를 선언하는 것으로 일단락되었다.

뇌물을 바쳤던 자들은 모두 체포되었고, 이제 전(前)

대신관이 된 테오도르는 황성에서 떨어진 지역의 신전에서 여생을 보내게 되었다.

거의 추방당한 셈이니, 두 번 다시 황성의 땅을 밟지는 못할 것이다.

자연스레 다음 대신관으로는 루미엘 신관이 발탁되었지만, 당사자는 그 자리가 썩 달갑지 않은 것 같았다.

"……하지만 일이 이렇게 되었으니, 이것 역시 루체 님의 인도라고 여겨야만 하겠지요."

일부러 황궁 밖, 로렌스의 식당으로 아렌트를 불러낸 루미엘 신관이 이렇게 말했다.

오랜만에 만난 현(現) 대신관은 꽤 수척해져 있었다. 나름대로 믿던 대신관의 비행이 낱낱이 밝혀지며 마음고생을 꽤 한 것 같았다.

"제 의도는 아니지만, 어쩐지 신관님께는 크게 폐를 끼친 것 같네요."

"아신다면 오늘도 식사는 아렌트 경이 사는 것으로 해주세요."

"그 정도야, 얼마든지요."

아렌트가 선뜻 고개를 끄덕이자 루미엘 신관의 얼굴에 흐린 미소가 피어났다.

"그래도 제법 오랜 세월 함께 공부하고, 부대끼며 살아왔다고 생각했는데…… 역시 알 수 없는 것이 사람 속인 모양입니다. 아니면 제가 어리석어 사람을 잘못 봤을지도 모르겠군요."

"루미엘 신관님이 어리석은 게 아니라, 신의를 저버린 그분이 못되어 처먹은 겁니다."

"후후후. 아렌트 경은 늘 그렇듯 거침없으시군요."

뚱하니 투덜대는 견습 기사를 부드러운 시선으로 바라보던 루미엘 신관이 천천히 말을 이었다.

"많은 것이 알고 싶어 젊은 시절부터 세상을 떠돌았지만 이 나이가 되도록 모르는 것이 너무 많아요. 이제는 분에 맞지 않는 높은 자리에 앉게 되었으니 앞으로 더 정진해야겠지요."

"너무 스스로를 낮추지는 마세요. 신관님이야말로 그 자리에 어울리신다고, 저는 진심으로 그렇게 생각하니까요."

아렌트가 담담히 대답하자 노신관은 짧게 웃음을 터뜨리고 말았다.

저 투박한 말에는 겉치레도, 어쭙잖은 위로도 담겨 있지 않아서 더욱 진실되게 들렸다.

"감사합니다. 그리고 아렌트 경께서 지금 이대로 활동하시는 이상, 앞으로도 저는 제법 오랫동안 경과 뜻을 같이할 수 있겠지요."

"신께 기도할 줄도 모르는 불경한 놈인데도요?"

"기도하지 않더라도, 경께서는 이미 신의 축복으로 충만하십니다. 제 눈에는 그렇게 보입니다."

장난스럽게 던진 말에 그런 답이 돌아오자 견습 기사가 움찔했다.

대신관이 된 노신관은 푸근한 미소를 지으며 어린 기사를 향해 천천히 말을 이었다.

"아렌트 경께 루체 님의 축복이 함께하길. 혹여 신의 축복을 원치 않으신다면, 그만큼의 행운이 따르길 제가 대신 기도하겠습니다. 덕분에 대신전의 상한 부분을 도려내고 다시 출발할 수 있게 되었으니, 이 은혜는 잊지 않겠습니다."

"……."

진심 가득한 말에 마음이 조금 불편해졌다.

은혜는 무슨, 신전을 깨끗하게 하고 비리를 밝혀내려는 의도 따위는 전혀 없었다. 단지 눈앞에서 자꾸 전 대신관이 얼쩡거리며 방해만 해 대니 열받아서 치워 버렸을 뿐이지.

하지만 그리 구구절절 말하는 것도 딱히 '아렌트'다운 일은 아니니, 턱을 들며 씨익 웃어 버리는 것을 택했다.

"그럼 오늘 식사는 루미엘 신관님이 사시는 건 어떠세요? 대신관도 되셨는데."

"그건 안 될 말씀이지요. 황제 폐하와 아렌트 경 덕에 내키지 않는 자리에 앉게 되었으니, 맛있는 식사 한 끼로 꼭 보상받아야겠습니다."

루미엘 신관 역시 너스레를 떨며 그렇게 대답했다.

한바탕 폭풍이 지나간 뒤에 찾아온 찰나 같은 휴식 시간이었다.

* * *

불미스러운 일이 생긴 만큼, 새로운 대신관 임명은 별다른 행사 없이 조용히 치러졌다.

이제는 대신관이 된 루미엘은, 좋지 못한 일로 오른 자리인 만큼 내부 단속에 신경 쓰며 후학을 양성하는 데 집중하겠다고 선언했다.

그리고 황제는 새로운 대신관을 격려하며, 앞으로도 황실과 신전의 관계는 변하지 않을 것이란 뜻을 내비쳤다.

황제와 루미엘 대신관의 대처로 소란스러웠던 황궁과 대신전이 점차 안정을 찾아가던 와중, 아렌트는 잠깐 잊고 있었던 사람의 연락을 받게 되었다.

— 저, 저는…… 저는 그저, 연구에 편의만을 봐주십사 요청드렸을 뿐인데…….

대신관이 교체되었다는 소식을 들은 슈타들러 백작이었다.

'그러고 보니 일이 이렇게까지 커졌다고는 말씀 안 드렸구나.'

심지어는 첩자들의 배후에 신전이 엮여 있었다는 것도 알려 주지 않았으니까.

"어…… 뭐 어쩌다 보니 그렇게 됐네요."

- 어쩌다……? 방금 어쩌다, 라고 하셨습니까? 어떻게 이런 일이 어쩌다, 라는 말로 설명이 가능한 겁니까?

"사람이 살다 보면 그럴 수도 있죠. 좋은 게 좋은 거 아니겠어요?"

- …….

이제 슈타들러 백작은 발악할 힘도 없었다.

연구실이 해를 입을까 봐 걱정된다고 말하긴 했지만, 이런 결과를 바란 것은 아니었다.

애초에 가능할 거라고 생각하지도 않았고.

적어도 황태자의 비호나 받을 수 있으면 더 바랄 게 없었을 텐데…….

- 저는 가끔…… 아니, 꽤 자주, 아렌트 경이 무섭습니다…….

"감사."

- 칭찬으로 들렸습니까?

황당하게 되물은 백작은 이내 커다랗게 한숨을 내쉬었다.

그래, 원래 이런 사람이었으니까. 더 따져 봤자 입만

완전무결한 것은 없다 〈169〉

아프다는 것은 자신이 제일 잘 알았다.

백작의 그런 기색을 읽은 아렌트가 슬쩍 화제를 바꾸었다.

"그쪽은요. 정리는 다 됐어요? 그 벽화 연구는 시작하셨고?"

- 예, 덕분예요…… 그래도 아직 공개할 단계는 아닌 것 같아서, 황태자 전하께만 보고서를 올린 뒤 믿을 수 있는 측근들과 진행하고 있습니다. 그리고 일전에 발견된 체르니온의 신전 측에도 연구원을 보낼 생각입니다.

"안 그래도 거기에 루미엘 신관님, 아니, 대신관님이 신관들을 파견하신다고 들었어요. 그쪽이랑 협력해서 조사를 진행하시면 됩니다."

- 그것도 전해 들었습니다. 그리고 기억하십니까? 벽화가 있는 동굴 안에서 발견된 유골함이요.

연구 쪽으로 화제가 옮겨지자 간신히 백작의 어조가 차분해졌다.

"거기 새겨진 이름요?"

- 네, 질베르테…… 라는 성함 말입니다. 우선은 르웰린 왕자님과 노이만 상단주님께 조사 협력을 요청드렸습니다. 고문헌과 계보 위주로 파고들려고 하는데, 소득이 있을지는 솔직히 미지수입니다.

전쟁 이전 시대, 그것도 드래곤의 수하로 일하던 자의

이름이었다.

속세에 그 흔적이 남았을 가능성은 거의 없다시피 하다고 봐도 무방하겠지만…….

"그래도 털어 보면 뭐라도 나올지 모르니까요."

- 그렇지요. 감사합니다. 아렌트 경께서 그 고생을 해 주신 만큼, 뭐라도 건질 수 있다면 좋겠습니다.

통신구 건너편에서 어쩐지 슈타들러 백작이 창백한 얼굴로 흐린 미소를 짓는 모습이 떠올랐다.

"그러면 앞으로도 고생하시고. 뭐 좀 알아내시면 저도 알려 주세요."

그것으로 백작과의 통신을 끝낸 아렌트는 크게 기지개를 켜며 푹신한 의자에 몸을 파묻었다.

"일단 저쪽은 정리됐고……."

역시 남을 부려 먹는 게 제일 즐겁다.

부탁을 해 둔 만큼 백작과 르웰린, 노이만 상단주가 알아서 뭐든 알아내 올 테니, 당분간 신경을 꺼 버려도 괜찮을 것 같았다.

대신관 일이 정리되고 나서 며칠간은 전에 없던 평화가 이어지는 중이었다.

아직 적들도 잠잠했고, 황제와 칸타레스, 그리고 기사단장들은 황궁 내부를 단속하느라 바쁜 모양이니 당장 견습 기사로서 할 일은 그리 많지 않았다.

'이 상태면 성검이 움직이는 것도 더 나중이 되겠는데.'

성검.

이 이야기에서 빠질 수 없는 핵심 키워드.

대신전 가장 깊은 곳에 모셔졌다는 루체 신의 성물에 접근할 수 있는 사람은 오직 황제와 대신관뿐이었다.

하지만 황제는 신전과의 관계를 고려해서 최대한 접근하지 않으려 하니, 사실상 성검을 마주할 수 있는 사람은 이제 루미엘 대신관뿐이었다.

'성검이 반응하는 것을 가장 처음 발견하는 사람도 아마 루미엘 대신관님이겠지.'

성검이 나선다는 것은 곧 세상이 뒤집힐 전쟁이 시작된다는 뜻일 터. 그러니 성검이 등장하는 순번은 최대한 나중으로 미루는 것이 좋을 것이다.

지금까지는 이 작전이 충분히 먹혀들어 가는 것처럼 보였다. 대본을 뜯어고쳐 가며 실시간으로 극을 진행하는 배우로서는 제법 기꺼운 결과였다.

똑똑.

상념에 잠겨 있던 아렌트의 의식을 현실로 끌어 올린 것은 갑작스레 들려온 노크였다.

대답도 기다리지 않고 문이 벌컥 열리자, 아니나 다를까, 아서가 들어왔다.

"노크만 한다고 해서 다가 아닐 텐데요."

"어차피 대답 안 할 거잖아, 이 싸가지 없는 놈아. 노크라도 해 주는 걸 감사하게 여겨."

선배가 들어왔는데도 인사조차 생략하는 작태에는 이미 익숙해진 건지, 퉁명스럽게 대꾸한 아서는 그에게 봉인된 편지 한 통을 내밀었다.

"너한테 온 거. 시종이 들고 근처에서 알짱거리길래 받아 왔는데."

"뭔데요?"

"몰라. 네가 뜯어 봐."

의자에 나태하게 기댄 자세 그대로 편지를 건네받은 아렌트는 우선 발신인을 확인했다.

하지만 뭐라도 적혀 있어야 할 자리는 텅 비어 있었다.

고개를 갸웃하면서 봉투를 뜯자, 안에서 동그란 은색 패 하나가 굴러 나왔다.

"……?"

은화보다 조금 큰 크기에, 중앙에는 황실의 문양이 자리 잡은 데다 테두리까지 보석 장식이 되어 있는 것이 누가 봐도 심상치 않은 물건이었다.

심지어 뒷면에는 작은 글씨로 아렌트의 이름까지 새겨져 있었다.

아렌트는 패를 집어 들고 앞뒤로 뒤집어 보다 의아하게 고개를 들었다.

"선배, 이게 뭔지 아…… 냐고 물어보려고 했는데, 뭐야. 표정이 왜 그래요?"
"저, 저거. 저거……."
호기심을 못 이겨 어깨 너머로 기웃대던 아서는 입을 쩌억, 벌린 채 얼어붙어 있었다.
턱을 덜덜 떨며 말을 멈춘 그를 본 아렌트는 살짝 인상을 쓰며, 함께 들어 있던 편지 내용을 확인했다.
촉감부터 다른 최고급 용지에 언젠가 본 적 있는 멋들어진 필체로 간결한 문구가 새겨져 있었다.

경의 성격을 보아하니 언젠가 한 번쯤은 필요할 것 같더군.
딱 한 번만 쓸 수 있으니 신중히 사용하게.

누가 봐도 발신인은 황제였다.
아무래도 그날 본 극이 제법 마음에 들었는지, 팁을 더 쳐주고 싶은 것 같았다.
"그래서 이게 뭔데요?"
"……사, 사면권."
한참 동안 입만 달싹이던 아서가 간신히 말을 꺼냈다.
"네?"
"어떻게 이런 일이…… 사면 모르냐, 사면? 국가 반역에 준하는 죄라도 황제 폐하의 명령으로 언제든 사면이 가능한 거라고!"

더듬대던 목소리가 순식간에 비명으로 변했다.

그 뒤 아서가 쏟아 낸 말을 대충 요약하자면 이랬다.

이 은패를 가진 사람은 황제가 언제든 신원을 보장한다는 뜻이며, 무슨 죄를 저질러도 딱 한 번 사면받는 특권을 누릴 수 있다는 것.

언제나 아슬아슬하게 범법과 합법을 넘나드는 아렌트에게, 이건 아예 황제가 뒤를 봐주겠다는 뜻과 다르지 않았다.

아렌트는 은패를 집어 들고 새삼스럽게 들여다보았다.

'하여튼, 농담 좋아하시는 분이라니까.'

이 모든 이야기가 아렌트가 지하 감옥에 처박히는 것부터 시작되었다는 점을 떠올리면 제법 재치 있고 장난기 어린 선물이었다.

사용할 날이 올지는 모르겠지만, 잘 보관해 두면 언젠가는 도움이 되겠지.

"그런 물건이 하필 이 녀석한테⋯⋯ 어차피 감당하는 건 우리 몫일 텐데⋯⋯."

결국 제 손에 얼굴을 파묻은 아서가 탄식을 터뜨렸다.

"부러우면 선배도 대신관한테 덤벼 보시든가요."

"닥쳐, 이 자식아!"

완전무결한 것은 없다 〈175〉

아서가 고함쳤지만, 그러거나 말거나 아렌트는 언제나 그랬듯 익숙하게 무시했다.

* * *

앞으로 더 거침없어질 후배 놈의 행보를 상상하다 위장이 아파진 아서는 결국 치료사를 찾으러 가 버렸다.

면책권의 존재는 일단 두 사람만의 비밀로 해 두기로 했다.

엄청난 공을 세운 사람에게나 수여되는 물건이 고작 견습 기사에게 갔다는 것이 알려지면 또 한바탕 소란이 생길 게 분명하니까.

그리고 며칠 뒤, 뜻밖의 방문객이 찾아왔다.

워렌이었다.

"오랜만이군."

그가 왔다는 소식에 노이만 상단의 본단을 찾아가니, 종종 상단주와 대화를 나누던 응접실에서 워렌이 기다리고 있었다.

"얼굴이 좋아 보이는데. 르웰린이 강아지 키우는데 소질이 있나 봐?"

"말을 해도 꼭 그따위로 하는 재주는 언제 봐도 대단하군."

아렌트가 피식 웃자 워렌이 침착하게 대답했다.

아무래도 괴짜 르웰린과 어울려 다니다 보니 이상한 사람을 상대하는 데 어느 정도 익숙해진 것 같았다.

"네펠레 왕국에 있던 놈이 왜 여기에 있는데?"

"심부름 왔다. 아무래도 내가 제일 발이 빠르니까. 겸사겸사 상황 보고도 하고, 제국 분위기도 살피려고 했는데……."

잠깐 말끝을 흐린 늑대 인간이 떨떠름하게 덧붙였다.

"아무래도 또 난리가 난 것 같더군. 이번 주모자도 너라고?"

"주모자라니, 말을 섭섭하게 하네. 난 전 대신관의 부패를 까발린 정의로운 견습 기사일 뿐인데."

"……."

워렌이 굉장히 꺼림칙하다는 표정을 지었다.

그 소소한 변화에 만족하며, 아렌트가 고개를 까닥였다.

"보고."

"싸가지 없는 놈. 네펠레 왕국에서는 아직 별다른 소득은 얻지 못했어. 왕궁 안의 서고라는 서고는 죄다 뒤져 봤는데 코빼기도 보이지 않더군."

"하긴, 그 정도로 나올 물건이면 드래곤이 진작에 찾았겠지."

"르웰린도 똑같이 말했어. 반출되었을 가능성도 염두에 두고 있다만…… 그렇다면 다른 곳보다 칼리온 제국으로 흘러들었을 확률이 높지. 이미 원래 주인의 손에 들어갔을지도 모르고."

네펠레 왕국에 전해 내려오는 기록에 돌려주어야 한다는 말이 있었으니까.

아렌트가 살짝 인상을 찌푸렸다.

"그 책을 돌려받을 사람이 칼리온 제국 사람이었다고 보는 건가?"

"여러 방면을 염두에 두고 있지만, 아무래도 그쪽이 신빙성 있지. 르웰린은 돌려받을 사람이라는 게 영웅 칸 본인이거나, 아니면 그와 관련된 사람이라고 추측하더군."

네펠레 왕국의 초대 왕은 과거 악신교에 맞서 싸운 이들 중 한 명이었다.

악신교 측의 물건이었다면 돌려줘야 한다는 말 따위는 남기지 않았을 테니, 그것도 합당한 추측이긴 했다.

"어쩌면 루체 신의 진영에 있던 드래곤의 물건일지도. 일단 조사 방향을 그렇게 잡았다."

그게 아니면 드래곤이 굳이 왕국까지 들쑤셔 가며 책을 되찾으려는 짓은 하지 않았을 테고.

잠깐 생각하던 아렌트가 건성으로 고개를 끄덕였다.

"그건 본인한테 물어보면 되겠지. 르웰린이 너한테 시

켰다는 건 뭔데?"

"그 책에 관한 현지 조사. 우선은 황태자 전하의 허가가 필요하다. 하지만 내가 황궁으로 직접 들어가는 건 너무 눈에 띌 테니, 르웰린이 널 불러내서 용건을 말하라더군."

자신이 인정한 대장의 말이면 시킨 대로 고분고분 따른다. 정말 늑대 인간다운 면모가 아닐 수 없었다.

상상했던 것 이상으로 르웰린과 합이 잘 맞는 것 같아, 아렌트는 조금 흡족해졌다.

"자세히 말해."

* * *

"……선대 황제 폐하 시절에 황궁으로 들어온 서적들?"

아렌트의 보고를 들은 칸타레스가 검게 죽은 얼굴로 되물었다.

"네펠레 왕국에서 도서가 대량으로 수출되어서 우리 제국으로 흘러들었대요. 그중에 드래곤 놈이 찾던 책이 있을지도 모르니 한번 확인해 보고 싶답니다."

"그건 이쪽도 기록을 좀 뒤져 봐야겠는데…… 누가 관리하고 있더라?"

칸타레스가 펜을 쥔 손으로 머리를 긁적였다.

그의 곁에 쌓인 온갖 서류와 서신들을 힐끗 본 아렌트

가 툭 내뱉었다.

"저게 다 뭔데요?"

"절반은 당장 너를 벌하라는 투서, 나머지는 지금 당장 내가 처리해야 하는 일들."

책상에 엎드리며 투덜거리는 황태자는 며칠 전보다도 확연히 상태가 안 좋아 보였다.

괜한 투덜거림 역시 반쯤은 과장 섞인 농담이었지만 영 틀린 말도 아니었다.

테오도르 전 대신관의 비행이 죄다 까발려진 상황이지만, 그렇다고 해서 그를 따르던 추종자들이 하루아침에 사라지는 건 또 아니었다.

대신관이 교체되는 것은 어쩔 수 없다고 생각한 모양이지만, 그들 사이에 아렌트가 회의 때 지껄였던 언사들이 퍼지자 적대감은 전에 없을 정도로 커져 가고 있었다.

덕분에 칸타레스는 아렌트를 향해 쏟아지는 온갖 정치적 공격을 무마시키느라 정신없었다.

"이 황궁에서 너만큼 욕먹는 사람은 없을 거다. 자부심을 가져도 좋아."

"그거 마음에 드네요. 악명이랑 명성이 동시에 높아질수록 전하의 일거리가 늘어난다는 점이 특히요."

"하아, 내 무덤을 내가 팠지…… 젠."

황태자는 마찬가지로 서류에 파묻혀 있던 제레온을 향

해 손짓했다.

"네, 전하."

"이 녀석이 하는 이야기 들었지? 네가 좀 찾아봐 줘."

"네, 알겠습니다."

마치 그 명령만을 기다렸다는 듯, 제레온이 서류들을 몽땅 내려놓고 자리에서 벌떡 일어났다.

그런 보좌관이 또 미치게 얄미웠지만 어쩔 수 없었다.

미친 척하고 정신 나간 놈을 풀어놔 버렸으니 그 뒷감당도 자신이 하는 수밖에.

골머리를 싸쥐고 다시 서신과 싸움을 시작한 황태자를 뒤로한 채 두 사람은 나란히 집무실에서 빠져나왔다.

제레온을 따라 걸으며 아렌트는 뒤를 힐끗 보았다.

"전하께서 저 상태시면, 황제 폐하께서도 많이 바쁘시겠네요."

"아무래도 그러실 수밖에요. 다시 정계에 나서시기로 했으니, 일단은 업무 분배를 하는 것부터가 큰일이니까요."

"귀족 관리들 분위기는 어떤데요?"

"조금 혼란스럽긴 하지만 그래도 모두 반기시는 분위기입니다. 란슬롯 공작님께서 가장 크게 기뻐하셨고요."

그 역시 황제가 물러난 뒤 황태자를 보조하면서 많은 일을 하고 있었으니, 지금 상황을 기꺼워할 수밖에 없었다.

평소보다 말을 많이 하는 제레온 역시 꽤 기분이 좋아 보였다. 칸타레스가 떠넘긴 서류들에서 도망친 것이 어지간히도 기쁜 모양이었다.

제레온이 아렌트를 데려간 곳은 황궁 구석에 있는 작은 장서 보관실이었다.

아렌트가 오래된 책 냄새가 가득한 공간을 둘러보는 사이, 제레온은 서가로 다가가 장부들을 살피기 시작했다.

"황궁에는 매년 막대한 양의 문헌과 서책이 들어오기에 일부는 따로 관리하고 있습니다. 아마 르웰린 왕자님이 찾으시는 것은 황궁 밖에 있을 거예요."

"어째서요?"

"선대 폐하께서는 서적을 수집하시는 취미가 있으셨습니다. 퇴위하신 뒤에는 황궁 밖에 마련하신 별장에서 여생을 보내셨는데, 그곳에 그동안 수집하신 서적들을 대부분 가져가셨다 들었거든요."

"아…….'"

그리고 지금 필요한 것은 그 책이 반출될 때 작성된 장부였다.

제레온은 얼마 지나지 않아 오래된 책 한 권을 꺼내 뒤적이기 시작했다.

"아, 찾았다. 네펠레 왕국에서 들어온 200여 권…… 폐하께서 직접 소장하신 것들이고, 당시 네펠레 왕께서 선물로 왕실에서 보관 중이던 희귀 서적을 함께 보내 주셨다고 되어 있네요."

어쩌면 왕이 선물했다는 책 중에 드래곤이 찾던 책이 섞여 있을지도 몰랐다.

"지금은 헨필드 후작님 영지에서 관리하고 있는 것 같네요. 그쪽으로 찾아가시면 될 겁니다. 미리 협조문을 보내 둘 테니, 워렌 님께도 그리 전해 주세요."

"넵."

그렇게 일이 일단락되는 듯했으나.

"너도 같이 가."

워렌에게 연락을 넣기 직전, 제레온에게 이야기를 전해 들은 칸타레스가 다시 아렌트를 불러들였다.

"왜요?"

"왜겠냐? 사방에서 널 물어뜯으려고 난린데. 다녀올 때까지 해결해 둘 테니, 잠깐 휴가 간다 치고 내 눈앞에서 꺼져 버려."

피곤해 죽겠다는 얼굴로 황태자가 말하자, 비슷하게 파리한 안색이 된 라이오스 역시 적극적으로 찬성했다.

이쯤 되면 아렌트도 살짝 꺼림칙해질 수밖에 없었다.

"……도대체 무슨 일이 벌어지고 있는 건데요?"

"너는 몰라도 된다. 우리가 알아서 할 테니 다녀오기나 하도록. 유급 휴가로 처리할 거니까 천천히, 느긋하게,

다녀와라. 워렌이 함께 있다면 괜찮겠지."

묘한 곳에서 강세를 주며 그렇게 말하는 라이오스의 낯빛은 황태자보다 더하면 더했지, 결코 덜하지는 않았다.

대신관이 갈아 치워지면서 생긴 파장이 상정했던 것보다 훨씬 컸다. 상관들은 미친 부하의 목줄을 풀어놓은 대가를 톡톡히 치르는 중이었다.

"뭐어, 그렇게 말씀하신다면야."

물론 그들이 얼마나 고생하든 아렌트가 알 바는 아니었다.

그렇게 견습 기사의 짧은 외유가 결정됐다.

* * *

간단한 여행 짐을 꾸려 나온 아렌트를 본 워렌의 첫마디는 이랬다.

"예쁨받는 건지 미움받는 건지 알 수가 없군."

"어쩔 수 없지. 내가 너무 잘났는데."

"……."

곧이곧대로 돌아온 정신 나간 대답에 늑대 인간은 그냥 대꾸를 포기해 버렸다.

그런 워렌의 손에도 짐 꾸러미와 여비, 말 한 필이 딸려 있었다.

맨몸으로 네펠레 왕국에서 여기까지 달려온 그를 보고서 기겁한 노이만 상단주가 바리바리 쥐여 준 거였다.

"말을 타는 것보다 늑대 모습으로 직접 달려가는 것이 더 빠를 텐데."

"그거 괜찮네. 제국 한가운데에 거대한 늑대가 활보한다는 소문이 퍼지면 온갖 사냥꾼들이 다 몰려올걸."

"……."

"냉동 늑대도 잘 팔리려나."

입을 꾹 다문 워렌을 내버려 두고 훌쩍 말에 오른 아렌트는 느긋하게 앞서가기 시작했다.

사소하다면 사소한 그 움직임조차 반듯하기 그지없어서, 뒤에서 바라보던 워렌은 미처 휘두르지 못한 주먹을 꽉 쥐어야만 했다.

승마에 익숙하지 않은 워렌이었지만, 워낙 신체 능력이 뛰어난지라 금세 적응했다.

아렌트 바로 옆으로 말을 몬 워렌이 넌지시 운을 뗐다.

"제국 내부는 이제 네 뜻대로 정리된 건가?"

"내 뜻대로라니, 어감이 묘한데."

"르웰린이 그렇게 말하더군. 네가 하는 일은 눈에 거슬리는 건 치우고, 쓸 만한 건 적재적소에 밀어 넣는 작업에 가깝다고."

제국의 대신관이 교체되었다고 통신구로 보고하니, 르

웰린은 감탄인지 탄식인지 모를 것을 터뜨리며 그렇게 이야기했다.

아렌트는 굳이 긍정도 부정도 하지 않았다.

그 옆모습을 힐끗 본 워렌이 피식 입꼬리를 올렸다.

"나는 쓸모 있는 것으로 분류되었나?"

"적어도 제 앞가림조차 못 하는 주제에 권력만 탐내는 영감보다야 그렇지."

"그거 영광이군."

아렌트는 워렌의 목소리를 흘려들으며 속으로 쯧 혀를 찼다.

'쓸데없이 눈치 빠르긴.'

역시 르웰린은 좀 성가실지언정, 만만한 녀석은 아니었다.

"네게는 뚜렷한 목표가 있는 것 같으니, 앞으로도 조용히 살기는 힘들겠어."

웃음기 섞인 목소리로 툭 내뱉은 워렌을 힐끗 본 아렌트는 다시 정면을 응시했다.

'목표라……'

썩 틀린 말은 아니었다.

비극과는 거리가 먼, 완벽한 권선징악 스토리를 원한다.

그걸 바라보며 대본을 뜯어고치고 시나리오를 비틀면서 무대를 재구성하는 게 현재의 과정이었다.

그래야 단역인 자신이 살아남을 수 있을 테니까.

처음에는 분명 그 정도였는데…….

슬슬 인정해야만 했다.

이 무대에서 자신은 단역이 아니고, 서사에 끼어드는 빈도가 잦아질수록 처음 감옥에서 원했던 생존과는 거리가 멀어질지도 모른다고.

그리고, 자신이 원하는 완벽한 시나리오를 만들어 내는 것은 애초에 생각했던 것보다 더 말도 안 되게 힘든 일일 것이다.

말고삐를 고쳐 쥐며 아렌트가 슬쩍 입꼬리를 올렸다.

"기대해 봐. 나한테 목숨 빚진 건 절대로 잊어버리지 말고. 때가 되면 살아남은 걸 후회할 정도로 부려 먹어 줄 테니."

"네놈은 악마라도 되냐? 이미 몸이 두 개라도 모자라다. 르웰린을 감당하는 것만으로도 충분히 벅차."

짜증스러운, 하지만 그리 싫지만은 않은 기색의 대꾸가 돌아왔다.

그래, 뒤지게 힘들면 어떤가.

'성검의 푸른 기사'에서 라이오스의 검에 처절히 죽어 가던 녀석이 시답잖게 투덜거리는 꼴을 보는 것만으로도 만족스러웠다.

세상에 완벽한 건 없다지만…… 없는 걸 만들어 내는 게 지금의 '아렌트'니까.

* * *

 심심해진 아렌트에게 실컷 놀림당한 워렌은 헨필드 후작의 성에 다다를 때쯤 되어서는 완전히 낡고 지쳐 버렸다.
 하지만 그것을 제하고는 휴가라는 이름에 걸맞게, 제법 느긋하면서도 평화로운 여정이었다.
 두 사람이 도착할 시간에 맞추어, 후작은 영주성 입구에 미리 마중을 보내 주었다.
 나이 많은 집사가 두 사람에게 공손히 고개를 숙여 인사했다.
 "만나 뵙게 되어 반갑습니다. 헨필드 후작님께서 기다리고 계시니, 바로 안내해 드리겠습니다."
 과연 선황이 여생을 보낼 곳으로 고른 지역인 만큼, 황궁과 가까운 영지치고 고즈넉한 시골다운 정취가 남아 있었다.
 오래된 풀 냄새가 나는 성의 길을 따라 나이 많은 말이 느릿느릿 짚을 한가득 실은 마차를 끌었고, 영주성 내에서 일하는 사람들도 모두 서두르는 것 없이 느긋하게 일상을 보냈다.
 "선황 폐하께서 남기신 서고를 확인하신다고 들었습니

다. 후작님께서 직접 안내해 주실 겁니다."

집사가 부드러운 어조로 간단히 설명했다.

선황의 별장은 그가 승하한 뒤로도 후작가에서 깨끗하게 관리하고 있었다.

"폐하를 가까이에서 모실 수 있게 되어 큰 영광이었지요."

헨필드 후작가는 지금은 정계에서 물러나 여유롭게 지내고 있지만, 선황의 황후와 먼 친척 관계이자 대대로 황실에 충성하는 가문이었다.

과연 그 말대로 곧이어 나타난 후작은 아렌트와 워렌을 살갑게 맞이해 주었다.

"잘 오셨습니다. 그렇지 않아도 오랜만에 황궁에서 손님이 오신다는 소식에 얼마나 신이 나던지요."

후작이 주름진 만면에 미소를 지었다.

"처음 뵙겠습니다. 황실 기사단의 아렌트 폰 에크하르트라고 합니다. 이쪽은 노이만 상단 소속의 워렌입니다."

점잖게 예의를 갖춰 인사하는 아렌트를 놀란 눈으로 보던 워렌이 퍼뜩 정신을 차리고 고개를 숙여 인사했다.

"처음 뵙겠습니다."

"황태자 전하께서 개인적인 심부름으로 보내셨다지요? 편히 지내실 수 있도록 노력하겠습니다."

자세한 사정을 설명할 수 없으니, 제레온이 그렇게 둘

러댄 모양이었다.

 하긴, 이런 평화로운 영지에 악신이니 드래곤이니 하는 소리로 굳이 긴장감을 돌게 만들 필요는 없으니까.

 "전하께서 원하시는 책을 찾으려면 며칠 걸릴 지도 모릅니다. 그동안 머물러도 괜찮을까요?"

 "저야 환영입니다. 그렇지 않아도 적적하던 차인데, 이따금 식사 때 말 상대나 해 주시면 감사하지요."

 사람 좋게 미소 지은 헨필드 후작이 시원스레 고개를 끄덕였다.

 "바로 안내해 드리겠습니다. 미리 마차를 대기시켜 두었으니 따라오세요."

 가벼운 걸음으로 앞서가는 후작의 뒤를 따라가기 전, 아렌트는 팔꿈치로 워렌의 옆구리를 툭 찔렀다.

 "야, 냉동 늑대. 경계 제대로 해라."

 "알았다, 싸가지 없는 놈아."

 아직까지는 별다른 점은 느껴지지 않았지만, 그래도 조심해서 나쁠 것은 없었다.

4장. 끝내주는 휴가

끝내주는 휴가

 후작이 두 사람을 안내한 곳은 야트막한 산자락에 있는 거대한 저택이었다.
 굉장히 오래되어 보이긴 했지만, 그래도 어디 하나 상한 곳 없이 잘 관리되어 있었다.
 직접 저택의 문을 열어 준 후작이 두 사람에게 빙그레 미소 지어 주었다.
 "편하게 둘러보시지요. 식사 시간에 맞춰서 집사를 보내겠습니다."
 "네, 감사합니다."
 워렌이 공손하게 인사하자, 후작 역시 사람 좋게 웃어 보이고는 곧 자리를 비켜 주었다.
 산에 둘러싸인 저택은 고요하고 편안한 분위기였다. 정

원의 오래된 나무들은 잘 손질되어 있어 중후한 멋이 느껴졌다.

어쩐지 기시감이 느껴진다 했더니, 얼마 전에 본 황제의 개인 정원과 비슷한 분위기였다. 아무래도 황제의 취향은 선황에게서 영향을 받은 모양이었다.

"사람이 살지 않는데도 이렇게 오랫동안 관리를 해 왔다니. 굉장하군."

싱그러운 풀 냄새를 킁킁 맡던 워렌이 짧게 감탄을 터뜨렸다. 거대한 나무와 잘 자란 관상용 식물들이 마치 작은 숲을 이룬 것처럼 보였다.

그 틈에 자리 잡은 오래된 저택이라니. 적당히 자란 덩굴과 색바랜 벽돌, 그리고 세월이 느껴지는 낡은 창틀은 꼭 동화 속 한 장면 같은 풍경이었다.

정원을 뒤로하고 아렌트는 저택 안으로 발을 들였다. 한 걸음 내딛자마자 오래된 종이가 가득 찬 공간 특유의 향기가 끼쳐왔다.

드디어 내부의 모습을 제대로 확인한 순간, 두 사람은 잠깐 할 말을 잃어버리고 말았다.

"……."

"……."

당장 눈에 들어온 것은 벽을 가득 채운 서고와 책들이었다. 사방 어디를 둘러보아도 책이 있었다.

보통 손님맞이용으로 사용하는 로비의 벽도, 2층으로 올라가는 계단 아래의 공간도 온통 책밖에 없는 게…… 선황의 별장이 아니라 꼭 거대한 도서관에라도 들어온 것 같았다.

장식품이라고는 군데군데 놓인 루체 신의 작은 신상과 몇몇 초상화뿐이고, 가구들 역시 언제든지 편하게 독서할 수 있도록 마련해 둔 소파와 테이블 정도가 다였다.

"……네펠레 왕국에서 들어온 책은 200권 정도라고 하지 않았던가?"

"그랬지."

멍하니 있던 아렌트가 묻자, 워렌 역시 얼떨떨하게 고개를 끄덕였다.

200권은 무슨. 지금 보이는 것만 해도 천 권은 가볍게 넘을 것 같았다.

"왕실에 그때 넘긴 책 목록 같은 건 없었고?"

"워낙 옛날 일이라 남아 있지 않았다. 그쪽에는?"

"마찬가지야. 선황 폐하께서 매입하셨다가 이쪽으로 옮기셨다는 기록밖에는."

방대한 양의 서적을 앞둔 채 착잡한 대화가 한바탕 오갔다.

그 말인즉슨 왕국에서 넘어온 책이 뭔지 알 수가 없으니, 결국 이 저택의 서가란 서가는 죄다 뒤져야 한다는 뜻이었다.

선황만의 작은 별장, 혹은 도서관을 찬찬히 살펴보던 아렌트가 짧게 평했다.

"망했네."

워렌은 그 말에 극히 공감할 수밖에 없었다.

* * *

그 책이 진짜 아티팩트라면 분명 수상한 마력을 풀풀 풍길 테니, 그냥 마력 탐지로 적당히 훑어보면 되지 않겠냐는 현실 도피성 대화가 잠깐 오갔다.

하지만 결론은 하나뿐이었다.

저 많은 책들을 하나하나 뒤져 보는 게 최선이라는 것.

혹여나 대충 살폈다가 놓치는 게 생기는 것보다는 지금 당장 고생하는 쪽이 훨씬 나을 테니까.

진짜 도서관에라도 온 것처럼, 책은 분야별, 장르별로 가지런히 정리되어 있었다. 그 말인즉슨…… 네펠레 왕국에서 온 서적들 역시 다른 것들과 죄다 뒤섞여 있다는 뜻이었다.

"책 수집이 취미셨다더니, 이걸 취미 수준이라고 말할 수 있나?"

그렇게 가장 안쪽 서재부터 책을 한 권씩 들추며 아렌

트가 회의적으로 중얼거렸다. 이쯤 되면 수집 정도가 아니라 집착이었다.

서가에 등을 기대고 주저앉아 비슷한 노동을 시작한 워렌 역시 후회할 수밖에 없었다.

"이럴 줄 알았으면 몇 명 더 데리고 올 걸 그랬군."

"내 말이."

황궁의 기사들을 불러낼까도 생각했지만 이내 단념했다.

그렇지 않아도 황궁이 뒤숭숭한 판이었다. 여기에 뭐가 있다는 것도 확실하지 않은 상황에 기사들을 동원해 봤자 괜히 쓸데없이 시선만 몰릴 게 분명했다.

첫날은 그렇게 의미 없이 지나가 버렸다.

그리고 다음 날, 두 사람은 아예 간단한 요깃거리까지 마련해 이른 오전부터 저택으로 향했다.

후작은 그럴 줄 알았다는 미소를 지으며 기꺼이 도시락을 준비해 주었다.

"천천히 모시러 올 테니, 느긋하게 살펴보세요."

이 말을 남기고 다시 그들을 책 지옥으로 밀어 넣은 후작은 마차를 몰고 유유히 사라져 버렸다.

챙겨 온 간식을 입에 넣으며 책을 팔락팔락 넘기던 아렌트는 문득 시선을 사로잡는 삽화 하나에 손을 멈췄다.

"이건……."

박쥐를 닮은 거대한 날개와 아름다운 비늘로 뒤덮인 몸통, 날카로운 발톱과 사납게 벌어진 입에서 쏟아지는 브레스까지.

드래곤 두 마리가 서로를 향해 울부짖으며 공격을 퍼붓는 모습이었다.

호기심이 동해서 대강 넘겼던 내용을 되짚어 보았다.

물의 드래곤과 불의 드래곤이 벌인 전투에 나라 하나가 완전히 멸망해 버렸다는 이야기였다.

"실제로 드래곤 때문에 나라가 멸망한 적이 있나?"

"그런 이야기는 종종 있지. 하지만 하나같이 검증되지 않은 소문일 뿐이더군."

자신이 살피던 책에서 시선을 떼지 않은 채, 워렌이 대답했다.

"조사했어?"

"설화나 목격담 위주로. 당연히 도시나 나라를 멸망시켰다는 이야기도 조사해 봤지."

난데없이 드래곤을 찾아내라는 주문을 받은 르웰린은 우선 각지에 퍼진 설화들에 주목했다.

"진짜 드래곤 때문에 멸망한 나라는, 적어도 대전쟁 이후로는 없었다. 자연재해, 전염병, 관리들의 부패…… 그런 것들에 소문이 붙으면서 드래곤 탓이 되어 버린 거지."

영웅 칸이 활약한 전쟁 이후, 혼란스러운 시기를 거치며 지금처럼 자리를 잡을 때까지 많은 국가가 세워졌다가 쓰러지고 병합되기를 반복했다.

천재지변을 두려워하는 사람들의 입에서 드래곤 설화가 만들어지기에 안성맞춤인 시대였다.

"결국 진짜 목격담은 없었던 건가?"

"아니, 딱 한 군데 있었다. 르웰린이 과거에 직접 확인해 본 곳이라고 들었어. 그걸 보고서 드래곤에 목매기 시작했다더군."

"뭐였는데?"

"어느 작은 왕국이랬던가…… 드래곤끼리 전투를 벌이다가 산맥 하나가 날아간 흔적이 고스란히 남아 있다고 해. 하지만 그게 다였지. 전투가 벌어졌다는 것도 백여 년 전이라 별다른 건 건지지 못했다더군."

이 정보만으로 현재 드래곤의 위치를 찾아내는 건 불가능한 일이었다. 아렌트는 서가에 등을 툭 기대며 다른 책을 꺼내 들었다.

이번에는 영웅 칸이 드래곤을 퇴치했다는 설화에 기반한 이야기였다.

"……오호."

기계적으로 페이지를 넘기던 손이 점차 느려졌다. 그냥 그런 소설인 줄 알았는데 생각보다 자세한 설명이 수록 되어 있었다.

 누구보다 강한 파괴자임과 동시에 자연과 가장 가까운 종족인 드래곤은 탄생하는 순간 자연과 닮은 고유의 마력 특성을 가진다.

 혈연으로 이어진 일족 내에서도 서로 다른 특성을 가진 드래곤이 심심찮게 나타난다는 것을 보면 반드시 유전되는 것은 아닌 것 같았다.

 자연스럽게 렉시온이 떠올랐다.

 알로이스가 폭주할 때 사방팔방에서 튀어나왔던 새카만 짐승들.

 그게 렉시온의 마력일 것이다.

 '그건 뭐였을까.'

 머릿속으로 이것저것 대조해 봐도 감이 잡히지 않았다. 상념에 잠긴 채 다음 책을 집어 든 아렌트는 문득 움직임을 멈췄다.

 어느새 워렌 역시 고개를 들고 이쪽을 바라보고 있었다.

 그의 시선이 아렌트가 쥔 책에 꽂혀 있었다.

 "너, 그대로 움직이지 마라."

 "그걸로 해결되면 나도 그러고 싶은데……."

 짧은 경고에 아렌트가 입매를 비틀어 삐딱한 미소를 지었다.

"늦었어."

다음 순간, 마력 돌풍이 휘몰아치며 책이 새하얀 빛에 휩싸이더니 터질 것처럼 부풀어 오르기 시작했다.

아렌트가 반사적으로 책을 내던진 것과 거의 동시에 거대한 늑대로 변한 워렌이 사납게 짖으며 달려들었다.

마구 요동치던 책은 곧이어 마력으로 이루어진 짐승들로 형체를 바꾸어 두 사람을 향해 쇄도해 왔다.

"워렌, 숙여!"

검은 짐승 한 마리를 물어뜯은 워렌은 들려온 목소리에 급히 몸을 굴렸다. 그 틈을 놓치지 않고 아티팩트를 발동한 아렌트가 자신을 향해 이빨을 들이미는 놈들을 향해 검을 휘둘렀다.

싸늘한 냉기가 넓은 서재에 내려앉았다.

갑자기 겨울이 찾아온 것 같은 침묵에 고개를 들어 현장을 확인한 워렌은, 잠깐 넋을 놓을 수밖에 없었다.

날카로운 이빨과 발톱을 들이민 마력 사념체들은, 견습 기사를 당장에라도 찢어 버릴 모양새 그대로 새하얗게 얼어붙어 있었다.

"……."

적을 벤 자세 그대로 아렌트가 천천히 호흡을 내뱉자 입술 사이에서 입김이 흘러나왔다.

딛고 선 발치에도, 허공에서 적들을 쏟아 낸 책 위에

도, 그리고 뽑아 든 검면도 순백의 서리가 내려앉았다.

 그 비현실적인 광경에 할 말을 잃어버린 찰나.

 쩍. 쩌적.

 꽁꽁 얼어붙은 적들의 몸에 금이 가기 시작하더니 이내 파사삭, 소리와 함께 반짝이는 얼음 가루가 되어 흩어져 버렸다.

 그제야 아렌트도 자세를 바로잡았다. 바닥에 흩어진 적의 잔재들을 힐끗 본 워렌이 다시 견습 기사를 보았다.

 '전보다 더 강해진 것 같군.'

 그리 멀지 않은 과거에 서로 죽이려 달려들었던 그때보다 더 전투에 능숙해진 것 같다.

 "미친 드래곤 새끼."

 그런 생각을 알 리 없는 아렌트가 욕설을 짓씹으며 검을 갈무리했다. 워렌 역시 다시 인간의 모습으로 되돌아와 짧게 물었다.

 "드래곤? 설마 이게?"

 "어."

 루카인 왕국에서 본 드래곤 놈의 마법과 똑같았다. 짜증스레 쯧 혀를 찬 견습 기사가 짧게 툭 내뱉었다.

 "이미 한번 헤집고 간 것 같은데. 우리가 여기로 올 거라고 예상하고서 이딴 장난질을 쳐 둔 거겠지."

 "그럼…… 우리가 원하는 책은 여기에 없다는 거군."

잠시 입술을 달싹이던 워렌 역시 미간을 살며시 구겼다. 책을 찾아서 한발 먼저 이곳에 방문한 드래곤 역시 빈손으로 돌아갔을 것이다.

뒤이어 이곳을 찾아올 아렌트에게 이런 소소한 선물만을 남겨 놓은 채로.

으슬으슬 올라오는 냉기를 익숙하게 무시하고서, 아렌트는 문제의 책을 집어 들었다.

조금만 늦었더라면 쥐고 있던 손목이 그대로 날아갈 뻔했다.

"마력 반응은."

"더 느껴지는 건 없다. 방금 걸로 끝이었던 것 같군."

워렌의 짧은 대답을 대강 흘려들으며, 하얗게 얼어붙은 책을 펼쳤다. 군데군데 얼어붙어서 판독하기 힘든 부분이 있긴 했지만 얼추 내용은 파악할 수 있었다.

다른 책들과 마찬가지로 드래곤 설화였다. 군데군데 들어간 삽화나 다소 허무맹랑한 내용 등, 그다지 특별한 것은 없어 보였지만…….

짧은 단어 하나가 아렌트의 시선을 사로잡았다.

"……."

"문제라도 있나?"

갑자기 아렌트가 우뚝 멈추자 워렌이 의아하게 물었다. 하지만 당장 돌아오는 대답은 없었다.

잠시 후, 아렌트의 입에서 짧은 헛웃음이 터져 나왔다.
"이게 이렇게 된다고?"

싸늘하게 식은 건지, 아니면 반대로 열기를 띤 건지 알 수 없는 황금색 눈동자가 낡은 종이 위의 글씨에 똑바로 꽂혀 들었다.

혹여나 잘못 봤을지도 모른다는 생각에 재차 몇 번이나 읽어 봤지만, 그런다고 해서 달라지는 것은 없었다.

책의 첫 장에 실린 것은 사람들에게 둘러싸여 드래곤에 대한 이야기를 들려주는 음유 시인이 그려진 삽화였다.

그 옆 페이지에 적힌 서문의 첫 문장은 이렇게 시작했다.

지혜로운 질베르테는 드래곤을 사랑하는 음유 시인이었다.

……라고.

질베르테.

드래곤의 보금자리에서 발견된 유골함의 주인이자, 슈타들러 백작이 찾아 헤매는 바로 그 이름이었다.

상황을 전해 들은 워렌의 얼굴 역시 심각하게 굳어졌다.
"이건…… 우연인가?"
"글쎄, 아마 아닐걸."

우연이라 말하기에는 너무나도 공교로웠다. 얼어붙은 책을 뒤적이며 대강 내용을 훑던 아렌트는 문득 끼쳐 오는 냉기에 고개를 들었다.

"일단은 저택으로 돌아가서 르웰린에게 연락해야겠군. 너도 황궁에……."

"그 전에 더 급한 일이 생긴 것 같은데."

진지한 이야기를 뚝 끊어 버린 아렌트는, 의아하게 자신을 바라보는 워렌 대신 바닥 쪽을 곁눈질했다.

"아."

그제야 워렌은 아렌트가 무슨 이야기를 하는지 알 수 있었다.

짧은 전투의 여파로 서재는 아수라장이 되어 있었다.

마력 폭풍에 휩쓸린 책들이 바닥에 제멋대로 나뒹굴었고, 아티팩트가 발동한 자리에는 새하얀 서리가 엉겨 붙어 엉망이었다.

"……후작님이 언제 돌아오신다고 했지?"

"해 질 때쯤."

떨떠름하게 묻는 말에 견습 기사의 담백한 대답이 돌아왔다.

선황의 별장이 엉망이 되었다는 걸 알게 되면 후작은 절대 가만히 있지 않을 것이다.

즉, 후작이 오기 전까지 이걸 어떻게든 수습해야 한다

끝내주는 휴가 〈205〉

는 뜻이었다.

어질러진 서재와 워렌을 한 번씩 번갈아 본 아렌트가 선수 쳤다.

"난 곱게 자라서 청소 같은 거 할 줄 몰라."

"……이 개자식아."

"생명의 은인한테 말이 제법 거칠다?"

"……."

* * *

그리고 그날 저녁. 통신구로 가만히 보고를 듣던 칸타레스가 황당하게 말했다.

- 넌 도대체…… 쉬라고 내보냈더니, 도대체 뭐 하고 다니는 거야?

"어쩌겠어요, 제가 너무 유능한 탓인데."

- 아니, 이건 그거랑은 좀 다른 문제 같다만.

이걸 운이 좋다고 해야 하는지, 반대로 재수가 지지리도 없다고 해야 하는지조차 잘 구분이 가지 않는 판이었다.

이렇게 발걸음 닿는 곳마다 사고가 터지는 것도 이쯤 되면 수수께끼였다.

- 후작에게 들키지는 않았고?

"네, 워렌이 생각보다 청소를 잘하더라고요."

― …….

칸타레스는 잠깐 침묵하는 것으로 워렌에게 심심한 애도를 전했다.

단둘이 보낸 것이 과연 잘한 일일까.

적어도 그 우직한 웨어 울프에게는 상당한 재난이었을 게 분명했다.

"책도 함정이 설치되어 있던 것만 빼면 다 무사합니다. 그건 제가 회수해 왔고."

― 그…… 으래. 자세히 이야기해.

"처음부터 끝까지 읽어 봤습니다만, 음유 시인 질베르테가 풀어놓은 드래곤 이야기들을 엮어 놓은 단편집이었어요."

아렌트는 손에 든 책을 다시 앞뒤로 살피며 말을 이었다.

"제목은 따로 없고, 표지에 1권이라고 적혀 있어서 다음 권을 살살이 찾아봤지만……."

― 없었어?

"여기에는요. 그런데 네펠레 왕국에 있더라고요."

소식을 전해 들은 르웰린이 펄쩍 뛰며 다시 한번 왕궁의 서적들을 한바탕 뒤집은 결과였다.

질베르테라는 이름이 언급된 것은 책의 서문이 다였

고, 그 뒤로는 여타 설화들과 다를 바 없는 이야기들이 이어졌다.

네펠레 왕국에서 발견된 2권 역시 마찬가지였다.

꼼꼼히 살핀다고는 했지만, 르웰린 역시 단편집의 서문까지 읽어 볼 생각은 미처 하지 못한 것이다.

― 그렇다면 그 책의 내용이 단순한 설화가 아닐 수도 있겠군.

"그렇죠. 그래서 일단은 더 조사해 보려고요."

― 단서가 더 있어?

"2권 말미에 정확한 지명이 언급된 곳이 있어요. 워낙 오래전에 집필된 책이라, 지금은 존재하지 않는 지명이던데…… 일단은 르웰린 왕자 쪽에서 알아본다고 했습니다. 실존하는 곳이라면 직접 찾아가 봐야죠."

잠깐 생각하던 칸타레스가 운을 뗐다.

― 찾아가는 건 다소 위험하지 않겠나?

"설마 뒈지기야 하겠어요? 진짜 죽이고 싶었으면 처음부터 선황 폐하의 별장에 부하들을 매복시켰을걸요. 그런 허접한 함정 따위를 만드는 게 아니라."

― 남 일처럼 말하지 마, 이 자식아.

짜증스럽게 쏘아붙인 황태자가 한숨을 푹 내쉬었다.

― 눈앞에서 치워 두면 일거리가 좀 줄어들 줄 알았더니…… 일단은 알겠어. 변동 사항이 생기면 보고해. 너무

위험한 짓은 하지 말고.

불만 가득한 투덜거림을 끝으로 통신이 끊어지고, 아렌트는 소파에 몸을 쭉 펴서 기댔다.

마침 똑똑, 누군가가 문을 두드렸다.

"들어간다."

늦은 시간의 방문객은 당연히 워렌이었다. 대답을 기다리지 않고 들어온 그가 곧장 아렌트의 맞은편에 앉았다.

"알아낸 게 있나?"

"칼리온 제국 동쪽 국경, 캘비노 산맥에 있던 호숫가 마을. 지금은 완전히 없어졌는데, 근처에 보석이 나는 광산이 있어서 과거에는 제법 번성했다더군."

짧은 시간 만에 여기까지 알아내다니. 르웰린도 마음이 급했던 모양이었다.

"호수라…… 책에 나온 묘사와도 들어맞아."

자세한 지명이 언급되었던 단편은 호수 근처의 마을에서 사람들 속에 섞여서 살던 착한 드래곤의 이야기였다.

노인의 모습으로 마을의 현자 노릇을 하던 드래곤은 작은 사건을 계기로 사람들에게 정체를 들키게 된다.

욕심에 눈이 먼 마을 주민들은 드래곤이 가진 보물들을 탐내 그를 해코지하려 하고, 드래곤은 결국 슬퍼하면서 도망치듯이 마을을 떠나게 되었다.

그 뒤로 마을은 벌이라도 받은 것처럼 천천히 쇠퇴했다

는 이야기였다.

워렌이 신음처럼 중얼거렸다.

"이렇게 되면 그 책의 내용도 신빙성이 높아져. 설마 이런 식으로 단서를 찾게 될 줄은 몰랐는데."

"구전으로 전해지던 이야기를 책으로 엮은 거니, 허구도 섞여 있긴 하겠지만…… 아예 얼토당토않은 소리는 아니라고 봐야겠지."

아티팩트에 훼손된 책을 내려다보는 아렌트의 눈빛이 설핏 가라앉았다.

렉시온이 마정석 광산에 살던 드래곤과도 안면이 있었다고 가정한다면, 때맞춰 힌트를 건네주는 것도 충분히 가능한 일이었다.

그 유골함들이 조만간 발견될 거라고 쉽게 예상할 수 있었을 테니까.

'놈이 책을 찾으러 여기까지 왔다는 것까지는 알겠어.'

이곳을 조사하다가 질베르테에 관한 책을 발견했고, 조만간 아렌트 또한 이곳을 찾아오리라 생각해서 굳이 장난질을 쳐 놨다…….

여기까지는 어렵잖게 추측할 수 있었다.

한 가지 의문인 점은, 렉시온의 의도였다.

마침 워렌 역시 같은 생각을 했는지 찜찜한 어조로 툭 내뱉었다.

"꼭 우리를 그 호수 마을로 유도하려는 것 같은데."
"사람을 마리오네트처럼 쓰고 싶은 거겠지."
아렌트가 담백하게 대꾸했다.
루카인 왕국에서 알로이스를 조종했던 것처럼, 드래곤은 연출자 노릇을 하고 싶은 것 같았다.
그 배우로 선택된 것이 아렌트였고.
"오만한 드래곤이 할 법한 일이군."
"글쎄."
심란하게 중얼거린 워렌은 무심하게 돌아온 대답에 고개를 들었다.
특유의 느긋한, 혹은 비릿한 미소를 머금고서 소파에 등을 편하게 기댄 아렌트가 눈에 들어왔다.
"이건 오만한 드래곤보다는, 뒤에 숨어서 머리나 굴려 대는 겁쟁이 똥개에 더 가까운 것 아냐?"
"……."
잠시 잊고 있었다.
제가 아는 사람 중 가장 오만한 놈이 누구인지.
드래곤을 상대로 저런 말을 지껄이는 놈은 이 하늘 아래에 저놈밖에 없을 것이다.
워렌이 질렸다는 표정을 짓든 말든, 아렌트는 허름한 책을 테이블 위에 툭 던져 버리고는 다시 생각에 잠겼다.
'놈의 뜻대로 순순히 응해 주는 건 내키지 않는 일이지만.'

호랑이를 잡으려면 호랑이 굴에 들어가야 하는 법.

그놈이 드리운 미끼를 따라서 움직이는 것도 당장은 나쁘지 않을 것 같았다.

끈 매달린 인형처럼 고분고분 굴다가 마지막 순간에 어퍼컷을 갈기는 것도 제법 재미있는 연출일 테니까.

견습 기사의 앳된 얼굴에 비릿한 미소가 걸리는 것을 본 워렌이 저도 모르게 흠칫했다.

* * *

바로 다음 날 아침, 워렌과 아렌트는 캘비노 산맥을 향해 출발했다.

예상보다 이른 이별에 연신 아쉬움을 표하는 후작을 뒤로하고 두 사람은 빠르게 말을 몰기 시작했다.

헨필드 후작의 작은 영지를 완전히 벗어난 뒤 워렌이 먼저 입을 열었다.

"남쪽 국경 근처이니, 아마 르웰린이랑 비슷한 시기에 도착할 수 있을 거다."

"르웰린 혼자서 오나?"

"탐험가 두 명을 더 데리고 온다더군."

르웰린의 수하라면 그래도 한 사람 몫은 너끈히 해낼 테니, 일손이 모자랄 일은 없을 것 같았다. 말에게 박차를 가하며 워렌이 아렌트를 힐끗 보았다.

"그쪽은? 황실에 보고하는 것 같더니."

"일단 지원은 거절했어. 르웰린의 탐험가랑 황실 기사단이 엮여 있다는 게 알려지면 골치 아파져."

"그렇군…… 잠깐. 거절한 거면 거절한 거지, 일단이라는 말은 왜 붙지?"

"어디서 나쁜 물이 들었는지, 요즘따라 사람 말을 곧이 곧대로 안 듣더라고."

"……."

나쁜 물을 퍼뜨린 장본인이 할 소리는 아닌 것 같았다.

하지만 굳이 그 점을 지적해 봤자 딱히 의미 있는 대답이 돌아올 것 같지는 않아서, 워렌은 그냥 짧게 한마디를 덧붙일 뿐이었다.

"그 단장도 참 고생이겠군."

하나만으로도 벅찰 텐데, 부하들이 하필 이런 놈한테 물들다니.

그리고 아렌트의 말은 며칠 뒤 실제로 증명되었다.

중간 지점에 해당하는 도시의 입구에서 익숙한 얼굴들을 마주하게 된 것이다.

말의 속도를 늦추며 아렌트가 쯧 혀를 찼다.

"역시나."

"……넌 조금이라도 놀라거나 반가워할 생각은 없냐?"

아서가 심히 불만스럽다는 얼굴로 투덜거리고, 그 곁에 선 리히트가 이미 예상한 반응이라는 듯 덤덤하게 말했다.

"단장님이 직접 오시겠다는 걸 뜯어말리느라 좀 애먹었다."

"그럴 것 같았어요."

"……."

시큰둥하게 고개를 끄덕이는 아렌트를 보며 워렌은 자신의 생각을 살짝 수정해야 했다.

황궁 상황이 어떤지 모두가 뻔히 아는 판에 여기까지 직접 출정하겠다 나섰다니. 기사들만 물든 게 아니라, 아무래도 라이오스 단장도 조금 맛이 간 것 같았다.

"그쪽도 괜한 녀석한테 걸려서 고생이 많네."

"그럭저럭 잘 지내는 것 같아서 다행이군."

아서와 리히트가 자신을 향해 짧게 인사를 건네 오자, 워렌도 고개를 가볍게 까닥 숙이는 것으로 화답했다.

"다시 만나서 반갑다. 전에는 폐를 끼쳤어."

"휴가 쓰고 오신 거죠?"

아렌트의 물음에 리히트가 대꾸했다.

"황실과는 무관하게 개인적으로 휴가를 받아서 나온 거다. 신경 쓰지 않아도 된다."

아서와 리히트 역시 아렌트와 마찬가지로 제복이 아닌

사복 차림이었다. 그 대답이 마음에 들었는지, 견습 기사가 씨익 미소 지었다.

"드래곤을 추적하는 휴가라니. 아주 끝내주네요."

"나가기만 하면 어떻게든 일을 물어 오는 너도 참 대단해."

"다 제가 잘난 탓인 걸 어쩌겠어요."

"……출발이나 하자."

기사단의 두 막내가 다시 대거리를 시작할 기미가 보이자 리히트는 조용히 길을 재촉했다.

티격태격하는 아서와 아렌트, 그리고 먼 산을 보며 모르는 척하는 리히트까지.

무엇이 도사리고 있는지도 모르는 곳에 향하면서 긴장감이라고는 전혀 느껴지지 않는 분위기였다.

거기에 녹아들어 버린 워렌 역시 고개를 절레절레 내저으며 기사들의 뒤를 따라 말을 몰았다.

그렇게 목적지인 캘비노 산맥을 향해, 한층 더 시끌벅적해진 일행의 여정이 시작되었다.

* * *

"야! 여기야, 여기!"

길 저편에서 어지간히도 반갑다는 얼굴로 이쪽을 향해

손을 붕붕 흔드는 청년, 르웰린이 보였다.

그에 반해 열렬한 인사를 받는 당사자인 아렌트는 그저 귀찮다는 듯 쯧 혀를 찰 뿐이었다.

"시끄러운 놈 같으니."

"너무 대놓고 귀찮다는 표정 아냐, 너? 좀 숨길 생각은 없냐?"

"내가 왜? 누구 좋으라고."

르웰린이 불만을 터뜨렸지만 당연히 아렌트는 아랑곳하지 않았다. 마주하자마자 아웅다웅하는 두 사람을 떨떠름하게 바라보던 아서가 르웰린의 일행을 향해 고개를 꾸벅 숙였다.

"죄송합니다. 저 자식이 싸가지가 없어서……."

"아닙니다. 저희 대장이 성가신 사람인 건 사실이니까요. 귀찮게 해 드려서 죄송합니다."

르웰린과 동행한 다른 두 사람 역시 머쓱한 얼굴로 마주 고개를 숙였다. 그러거나 말거나, 아렌트와 르웰린은 여전히 길 한복판에서 실랑이를 벌이는 중이었다.

"떨어져. 귀찮아. 붙지 마."

"오랜만에 보는데 반갑지도 않냐? 사람이 뭐가 이렇게 매정해? 친구 하기로 했잖아, 우리! 이게 친구를 대하는 자세야? 엉?"

팔에 매달릴 기세로 치근덕대던 르웰린은 결국 아렌트

의 팔꿈치에 옆구리를 얻어맞고서야 입을 다물었다.

길바닥에 주저앉아 바들바들 떠는 르웰린과 시큰둥한 얼굴로 흐트러진 옷을 가다듬는 아렌트.

"……하아."

묘하게 대조적인 두 사람을 번갈아 보던 일행은 일제히 한숨을 내쉬었다.

아무도 입 밖으로 꺼내지는 않았지만, 모두 같은 생각을 하고 있었다.

하나만 있어도 골치 아픈 괴짜가 둘이라니.

아무래도 이번 여정이 썩 쉬울 것 같지는 않았다.

기운을 차린 르웰린은 길을 걸으며 묻지도 않은 말을 조잘조잘 떠들어 댔다.

"이 근처에서 드래곤 이야기는 전혀 안 들리더라. 하지만 오히려 뜬소문이 없다는 점에서 더 믿을 만하지. 나중에 돌아가면 그 책들을 위주로 다시 한번 조사해 봐야겠어. 뭐 다른 게 나올지도 모르잖아?"

끊임없이 떠들어 대는 그는 누가 봐도 잔뜩 흥분한 상태였다.

"드래곤이라니, 진짜 드래곤이라니!"

"……일단 좀 침착하십시오. 피차 우호적인 입장도 아니니까요."

"그래도 멋지잖아? 자고로 인간이란 강한 것에 환상을

가질 수밖에 없는 생물이라고!"

결국 보다 못한 리히트가 입을 열었지만 르웰린은 아랑곳하지 않았다.

탐험가들은 이런 소란이 익숙한지 제 대장에게서는 신경을 꺼 버리고 아렌트에게 관심을 보였다.

"그나저나, 그쪽이 이 녀석한테 드래곤을 찾아내라는 얼토당토않은 주문을 한 견습 기사신가?"

"상상했던 것보다 훨씬 어려 보이는데. 대장이랑은 어떻게 알게 됐대?"

대화를 들은 르웰린이 찔끔하며 뒤를 돌아보았.

네펠레 왕국에 입국한 뒤로도 정체를 잘 숨겼는지, 아무래도 두 사람은 제 대장의 신분을 모르는 것 같았다.

불안불안한 얼굴의 르웰린을 힐끗 본 아렌트가 미소를 슬쩍 드리웠다.

"뭐, 사람마다 이런저런 사정이 있는 거 아니겠어."

"일행은 황실의 기사분들인가? 개인적인 일로 함께한다고 들었는데, 기사단끼리 사이가 돈독한 모양이군."

이번에는 아서와 리히트의 표정이 썩어 들어갔다.

"켄! 로드릭! 고용주한테 쓸데없이 관심 갖지 마."

"아, 왜? 궁금해할 수도 있지. 대장 친구라며. 듣자 하니 이쪽 젊은 기사님은 워렌이랑도 친하다고?"

르웰린이 한 소리 했지만 켄이라 불린 남자는 전혀 아

랑곳하지 않았다. 심히 유감스럽다는 얼굴로 워렌이 딱 잘라 대꾸했다.

"안 친하다. 굳이 따지자면 악연이지."

"보시다시피 아주 절친해."

"야, 나는!"

"어디서 개가 짖나."

보란 듯이 귀를 매만지는 아렌트와 어린애처럼 씩씩대는 르웰린을 번갈아 보던 켄과 로드릭이 웃음을 터뜨렸다.

두 사람에게야 어린놈들이 사이좋게 대거리하는 것처럼 보였겠지만, 일국의 왕자에게 끝도 없이 틱틱대는 후배를 눈앞에 둔 아서와 리히트의 사정은 조금 달랐다.

"……괜찮은 겁니까?"

"뭐…… 굳이 친구를 자처하셨으니."

아서가 작게 속삭이자 리히트가 떨떠름하게 고개를 끄덕였다. 왕자 본인도 전혀 아무렇지 않다는 태도였다.

'오히려 만족하시는 것 같기도 하고.'

잠깐 고민하던 기사들은 자신들의 정신 건강을 위해 그냥 신경을 꺼 버리기로 마음먹었다.

* * *

캘비노 산맥 끝자락에 접어들자 길이 좁아지고 공기가

차가워졌다. 미리 가져온 외투를 걸치고서 부지런히 걸음을 재촉하던 중, 르웰린이 제안했다.

"본격적으로 산길에 접어들면 말을 타고 가기는 어려울 거야. 말은 근처 마을에 맡겨 두고 내일 아침에 다시 출발하자."

해 질 녘이 되어서 일행은 산맥 아래 척박한 땅에 자리 잡은, 소박하고 조용한 마을에 당도했다.

풀 한 포기 자라지 않는 바위산에 위치한 만큼 거리는 그저 조용하기만 했다.

어스름이 지는 시간, 마을에 접어들자마자 저녁 식사 시간에 맞춰서 굴뚝에 흰 연기가 몽글몽글 피어오르는 것이 눈에 들어왔다.

차가운 공기에 녹아든 느긋한 정취를 만끽하며, 일행은 마을의 하나뿐인 여관에 찾아들었다.

"계세요?"

"으응? 아이고, 어서 오세요! 이런 시기에 외지인 손님이라니, 별일이네."

테이블에서 한가롭게 책을 읽던 주인이 벌떡 몸을 일으키자 르웰린이 함박웃음을 지으며 넉살 좋게 말을 붙였다.

"아리따우신 누님, 혹시 오늘 하루 머물 방 있을까요?"

"호호호, 당연하지요! 식사는?"

"제일 맛있는 걸로 준비해 주세요! 양 많이, 아시죠?"

"그럼 그럼! 잠시만 기다려요!"

쌩하니 안으로 들어간 그녀가 곧이어 방 열쇠를 건네주었다. 짐을 대충 풀어놓고 다시 1층의 식당으로 내려오니, 테이블에 김이 모락모락 오르는 고기 요리가 잔뜩 올라가 있었다.

그 사이 찾아온 다른 손님들도 객실 쪽에서 나타난 그들에게 관심을 보였다.

"어라, 어쩐 일로 외지인이 다 왔군. 왜 좋은 고기가 나와 있나 했더니."

"이런 곳까지 오다니 취향 참 별나군. 관광객인가? 아니면 뭐, 누구 찾는 사람이라도 있수?"

"우리는……."

"여기저기 쏘다니는 걸 좋아해서요. 여기 산맥이 참 아름답다고 들었는데, 역시 명불허전이네요!"

반사적으로 운을 떼는 리히트의 입을 막은 채 르웰린이 해사하게 웃으며 나섰다.

"그래? 내 눈엔 삭막하기만 한데. 이런 곳을 좋아하는 젊은이들이 있다니 신기하군."

"어디에서 왔는가? 보아하니 귀하신 댁 도련님들 같은데. 젊은이는 말투가 특이하군. 제국 사람이 아닌가?"

대화의 물꼬가 트이자마자 손님들이 기다렸다는 듯이

질문을 던져 대기 시작했다. 르웰린은 질문에 하나하나 대답해 주며 본격적으로 수다를 떨어 댔다.

"저는 다른 나라 출신이고, 이쪽은 제국 황성에서 사는 귀하신 도련님이에요. 어쩌다가 저랑 의기투합해서 말이죠."

"하하하, 저쪽 도련님은 그리 즐거워 보이지는 않는데?"

"의기투합은 무슨. 저 녀석이 일방적으로 들러붙은 겁니다."

말없이 술을 홀짝이던 아렌트까지 손을 휘휘 내저으며 맞장구치자 와자한 웃음이 터져 나왔다.

어느새 르웰린은 제 술잔을 들고 다른 테이블에 섞여 들었고, 조용히 앉아 식사에 집중하던 아렌트도 중간중간 끼어들며 대화를 이끌어 나갔다.

"아주 죽이 잘 맞는군."

"내 말이."

한구석에 찌그러진 리히트와 워렌이 작게 투덜거렸다.

이곳이 약초꾼들이 모여 이뤄진 마을이라는 것, 주로 약초 채집을 생업으로 삼으며 가끔 사냥도 한다는 것에서부터 누구네 집 딸이 몇 살이며 곧 혼인할 예정이라는 이야기까지 흘러나왔다.

자리가 완전히 무르익고, 여관 주인이 사슴 고기를 더

내오자 르웰린이 슬그머니 본론을 꺼냈다.
"그나저나 아저씨, 혹시 이 근처에 전해 내려오는 드래곤 이야기는 없어요?"
"드래곤? 에잉, 무슨 생뚱맞은 소리야. 그런 무서운 게 이런 촌구석에 있을 리가."
"드래곤 설화면 옛날이야기잖아? 어렸을 때 어머니한테 들은 기억이 나는군."
"저 녀석이 드래곤에 관심이 많아서요. 그럼 다른 전승 같은 건요?"
관심 없는 척하며 술을 홀짝이던 아렌트가 끼어들었지만, 약초꾼은 눈을 가느다랗게 뜨고 고개를 갸웃할 뿐이었다.
"애초에 여기가 그리 오래된 마을은 아니라서 말이지. 설화는 역사가 깊은 데에나 있는 것 아닌가?"
"여기에서 산을 타고 올라가면 호수가 하나 있다고 들었는데. 거기 근처가 광산이었다면서요."
아무렇지도 않은 어조로 한마디 툭 던진 순간, 갑자기 여관 안이 조용해졌다.
"……."
"……."
방금까지 신나게 떠들어 대던 남자들이 입을 꾹 다물고, 심지어는 술을 더 내오던 여관 주인마저 쟁반을 든 채 멈칫했다.

르웰린과 아렌트의 시선이 허공에서 잠시 마주쳤다가, 아무 일도 없었다는 듯 다시 떨어져 나갔다.

"거기 호수가 참 예쁘다고 들었거든요. 아주 절경이라면서요? 혹시 약초 캐실 때 그쪽으로는 안 가세요?"

"어, 어어? 아아…… 그 호수는 이미 말라 버렸을 거야. 알다시피 요즘은 비가 거의 안 오지 않았나. 딱히 볼 것도 없을걸."

눈치 없는 척 르웰린이 씨익 웃으며 건넨 말에 약초꾼이 어색하게 손사래를 쳤다.

"설마 자네들, 호수에 가려고?"

"겸사겸사 들러 보려고요. 버려진 광산 마을도 둘러보면 재미있을 것 같고."

아무렇지도 않게 말을 잇는 아렌트의 옆에 묵직한 쟁반을 내려놓은 여관 주인이 곤란하다는 듯 눈썹을 휘었다.

"가는 길이 많이 위험하니까 그냥 산 근처만 돌아보는 게 좋을 텐데."

"이래 봬도 산전수전 다 겪은지라 괜찮습니다. 젊을 때 위험 무릅쓰는 재미라도 있어야 남은 긴 인생 심심하지 않게 살아가지 않겠어요?"

"객기 부리지 말아요. 위험하다면 위험한 줄 알아야지."

하지만 여관 주인은 무섭게 눈을 치켜뜨며 다시 한번 경고했다. 그러자 다른 테이블의 손님들 역시 어색하게 고개를 끄덕이며 맞장구쳤다.

"그래, 주인장 말이 맞지. 산은 만만하게 볼 게 아니거든."

"특히나 요즘처럼 비도 안 오고 추운 계절은 목숨 버리기 십상이지. 그렇고말고."

"흐음…… 그렇게까지 말씀하신다면."

아렌트가 말꼬리를 늘이며 슬쩍 르웰린에게 눈짓했다.

그 뜻을 알아차린 왕자가 쩝 입맛을 다시는 시늉을 해 보였다.

"아쉽네요. 한번 가 보고 싶었는데, 호수가 말랐으면 굳이 험한 길 찾아갈 이유도 없고."

"그, 그렇지! 잘 생각했어."

황급히 고개를 끄덕인 약초꾼이 르웰린 앞으로 술잔을 내밀었다.

"괜히 위험한 짓은 안 하는 게 좋지. 일단은 마시게. 내가 사지."

"아앗, 사 주신다면야 당연히 사양 않죠."

르웰린이 싱글벙글하며 술잔을 받아 들자 잠깐 얼어붙었던 공기가 다시 풀렸다. 그 모습을 잠시 지켜보던 아렌트가 자리에서 몸을 일으켰다.

끝내주는 휴가 〈225〉

"너무 마셨나. 난 잠깐 산책이나 다녀올게."

눈치를 보던 리히트와 아서 역시 자연스럽게 아렌트를 따라 여관 바깥으로 나갔다.

후텁지근하던 실내에서 벗어나자마자 산맥의 차가운 밤공기가 뺨을 스쳤다.

"뭔가 있다는 건 확실하군."

"하지만 드래곤에 관해서 아는 게 없다는 말은 거짓말 같지 않았습니다."

리히트가 꺼낸 말에 아서가 살그머니 인상을 썼다. 두 사람의 대화를 흘려들으며 아렌트는 하늘을 올려다보았다.

새카만 밤하늘에 유난히 밝은 별들이 마치 얼음 조각처럼 차갑게 반짝이고 있었다.

"옛날이야기 따위가 아니라…… 극히 최근에 뭔가가 일어난 거죠. 저 사람들은 그걸 숨기고 싶은 거고."

르웰린이 무슨 말을 해도 별 반응을 보이지 않던 주민들은 호숫가의 마을 이야기가 나오자마자 안색이 변했다.

"그리고 아마 지금도 일어나고 있는 중일 겁니다."

렉시온의 의도가 슬슬 눈에 보였다.

자신이 나설 수 없는 일을 대신 해결해 달라며 아렌트 일행을 이쪽으로 유도한 것이다.

그렇다면 사람들의 수상한 반응 뒤에 무엇이 있는지도 짐작할 수 있었다.

 '그놈들이군.'

 체르니온교.

 같은 생각을 떠올린 건지 아서와 리히트의 표정도 살짝 굳어졌다. 하지만 그것도 잠시, 아렌트가 아무렇지도 않게 운을 뗐다.

 "이것저것 생각하기 전에 어설픈 염탐꾼부터 잡아내 볼까요? 아무래도 우리한테 할 말이 있는 것 같은데."

 "뭐?"

 그들의 시선이 자연스레 견습 기사가 고갯짓한 곳으로 향했다.

 여관의 담벼락에 몸을 숨긴 꼬맹이가 그들과 눈이 마주치자 화들짝 놀라 달아나기 시작했다.

 "다녀오세요."

 "……건방진 놈."

 아렌트가 툭 내뱉은 말에 아서가 자연스레 욕설을 중얼거리며 달려 나갔다.

 * * *

 곧 아서는 꼬마 아이를 옆구리에 끼고 다시 나타났다.

어떻게든 잘 달랜 건지 아이는 발버둥도 치지 않고 뚱한 얼굴로 얌전히 잡혀 왔다.

"이럴 거면 왜 도망친 거야?"

"갑자기 쫓아오니까 당연히 놀라서 도망치죠!"

아서가 황당한 목소리로 묻자 사내아이가 눈을 부라리며 사납게 대꾸했다. 하지만 기세등등한 것도 잠시, 아렌트가 몸을 숙여 시선을 맞춰 오자 아이는 찔끔하며 뒤로 물러섰다.

"뭐, 뭐요. 왜 그러는데요?"

"왜 그러는지는 내가 물어야 할 것 같은데."

애써 반항적으로 쏘아붙여 봤지만, 그저 무심하기만 한 황금색 눈동자와 마주한 순간 그것도 무용지물이 되어 버렸다.

"그렇게 숨어서 빤히 쳐다보는 건 무슨 버르장머리지?"

"……."

"어쩐지 주방 안쪽에서 주인아주머니 말고 다른 기척이 느껴지더라니. 그게 너였냐?"

"켁……!"

설마 그것까지 들킬 줄은 몰랐는지 아이가 뒤로 찔끔 물러났다. 리히트와 아서 역시 이미 알고 있었다는 듯 무덤덤한 반응이었다.

"식당이 꽤 좁았으니 대화도 거의 다 들었겠군."

"굳이 뒤따라온 걸 보면 뭔가 할 말이 있는 것 같은데."
"으……."

눈을 데굴데굴 굴리는 꼴이, 아이는 아직 마음의 결정을 내리지 못한 눈치였다.

아렌트는 그런 소년을 물끄러미 응시하기만 했다. 다른 두 사람 역시 마찬가지였다. 은근히 느껴지는 무언의 압박을 견디지 못한 소년이 결국 꽥 소리쳤다.

"어른 셋이서 어린애 상대로 치사해요!"
"네가 아직 뭘 모르나 본데, 어른은 원래 치사해. 나이 먹으면서 배우는 게 이런 것밖에 없거든."
"……."

순간 아이의 얼굴에 어처구니없다는 빛이 스쳐 지나갔다. 하지만 이제 와서 어린애의 그런 비난을 신경 쓸 그들이 아니었다.

"그래도 어린애보다 할 수 있는 게 많다는 건 사실이지. 뭐가 문제라서 먼 곳에서 온 외지인 뒤꽁무니까지 쫓아와?"

톡, 아렌트의 흰 손가락이 소년의 이마를 가볍게 쳤다.

"할 말 있으면 얼른 해라. 이쪽도 썩 여유롭지는 못하거든."
"……진짜 호수에 갈 거예요?"

불만스러운 얼굴로 뚱하니 아렌트를 바라보던 아이가

간신히 운을 뗐다.

"갈 건데. 왜?"

"저도 데려가 주세요!"

언제 망설였냐는 듯, 아이가 한 걸음 성큼 가까이 다가서며 외치자 견습 기사의 미간이 살짝 찌푸려졌다.

"데려가 달라고?"

"네, 형을 찾아야 해요. 형이 없어졌어요. 다른 사람들도요."

질문이 돌아오자 희망을 느꼈는지 소년이 고개를 크게 끄덕였다.

"사람들이 없어졌다는 건 무슨 이야기지? 가출한 거야?"

"아니에요! 그러니까, 잡혀갔어요. 다른 어른들이 사람들을 뽑아서 호수로 보내 버렸어요!"

"횡설수설하지 말고. 차분하게 말해."

흥분해서 목소리가 커지던 아이는 냉정한 어조에 퍼뜩 정신을 차리고 마른침을 꿀꺽 삼켰다.

"네 이름부터 시작해서, 마을에서 무슨 일이 생겼는지 처음부터 끝까지 순서대로, 네가 아는 것 전부 말해."

"……말하면 들어 줄 거예요?"

"그건 내 마음이지. 그러니까 날 설득해 봐."

"……."

입을 비죽인 아이는 잠깐 망설이다 이내 훨씬 침착해진

어조로 다시 운을 뗐다.

 소년의 이름은 셸릭.

 여관 식당에서 심부름꾼으로 일하는 아이였다.

 또래도 별로 없는 이 조용한 마을에서 나이 차이 많이 나는 형을 친구 삼아, 약초꾼인 부모님과 함께 불과 얼마 전까지만 해도 그냥저냥 평화로운 일상을 보냈다.

 그러던 어느 날, 잘 차려입은 한 사람이 마을에 찾아왔다.

 "황실에서 일하는 높으신 분이랬어요. 위쪽 호수에서 뭘 해야 하는데, 도울 사람이 필요하다며…… 마을에 돈을 많이 줄 테니까 일손을 빌려 달라고 했어요."

 황실이라는 단어에 기사들의 미간이 살며시 찌푸려졌다.

 "그래서…… 그 사람이 몇 명을 데려갔는데, 거기에 네 형도 있다는 거지?"

 "네…… 근데 그 뒤로 아무도 호숫가에 못 가게 해요. 마을 사람들도 그렇고, 외지인은 더더욱이요. 그 사람이 그렇게 시킨 것 같아요."

 "밖에 발설하지도 말고, 가까이 오지도 말라고?"

 아렌트의 물음에 아이가 열심히 고개를 끄덕였다.

 "그러면서 이장님한테 돈을 엄청 많이 줬어요. 이 일이 밖으로 새어 나가면 돈을 다 돌려받을 거고, 황실에서 엄청 큰 벌을 내릴 거라고 하더라고요."

"이야…… 이놈들이 사칭할 게 없어서 황실을……."

한참을 가만히 듣던 아서가 감탄사를 터뜨리자 아렌트가 아무렇지도 않게 덧붙였다.

"뭐 어때요. 우리도 저쪽 사칭한 적 있는데."

"조용히 해라. 부끄러우니까."

리히트의 담백하지만 약간의 울화가 담긴 경고 끝에 소년, 셀릭이 다시 말을 이어 갔다.

"그 뒤로 벌써 한 달이 다 지나갔는데 아무도 안 돌아왔어요. 그 사람도 한 번도 안 찾아왔고."

"연락은. 누가 찾으러 가지는 않았어?"

"소식도 전혀 못 들었어요. 어른들은 돈을 빼앗길까 봐 무서운가 봐요."

황실까지 들먹였으니, 사람들이 놈의 말을 곧이곧대로 믿어 버리는 것도 이상한 일은 아니었다.

"그래도 네 말대로라면 잡혀간 건 아니잖아. 스스로 간 거 아냐?"

"아니에요! 우리 형은 가기 싫어했어요. 그치만, 그 높으신 분이 직접 형을 골랐고, 옆에선 자꾸 가라고 부추기니까…… 다른 아줌마도 그랬어요."

"형은 몇 살이었는데?"

"17살이요."

"같이 간 사람들은 몇 명인데?"

"네 명이에요. 아줌마랑 동네 누나, 아저씨, 그리고 우리 형이었어요."

아무래도 젊은 사람 위주로 데려간 듯했다. 아렌트가 쯧 혀를 찼다.

"어린애까지 끌고 가서 뭔 짓을 하려고."

"……17살이면 너랑 얼마 차이 나지도 않아."

"됐고. 다른 사람들은 호수로 간 사람들이 아직도 일을 하고 있다고 여기는 거지?"

아서의 중얼거림을 일축해 버린 아렌트가 다시 셀릭에게 물었다.

"네. 이렇게 오랫동안 안 돌아올 리가 없다고, 무슨 일이 생긴 것 같다고 몇 번이나 말했는데 아무도 안 들어줬어요. 그래서 직접 찾아가 보려다가 들켜서 엄청 혼나기만 하고…… 놀러 나가는 것도 금지당했어요."

아이의 목소리가 점점 기어들어 가기 시작했다.

"바보 같은 걱정이라고, 나들 곧 돌아올 거라던데…… 그래도 난 형 빨리 보고 싶단 말이에요. 그러니까 호수에 갈 거면 나도 데려가 줘요!"

하지만 그것도 잠시, 셀릭은 입술을 깨물고는 아렌트를 똑바로 바라보며 똘똘하게 말했다. 아렌트의 황금색 눈동자가 아이를 위아래로 찬찬히 살폈다.

그리고 잠시 후.

"싫은데?"

"……네?"

설마 그런 대답이 돌아올 줄은 몰랐는지, 셀릭이 얼빠진 소리를 냈다.

"아니, 왜요! 내가 다 알려 줬잖아요! 그럼 데리고 가줘야죠!"

"내 한 몸 건사하기도 바쁜데 어린애까지 데리고 가라고? 귀찮게 내가 왜."

"그래도……."

"그 대신."

순식간에 눈물이 그렁그렁해진 아이의 눈을 똑바로 마주 보며 아렌트가 툭 내뱉었다.

"우리가 가서 네 형이 잘 있는지 확인하고, 데리고 돌아오는 것쯤은 가능하지. 네가 몇 가지만 더 협조해 준다면."

"진…… 짜요?"

"그래, 하지만 같이 가는 건 안 돼. 너는 여기서 기다리고 있어. 그게 싫다면 부탁은 못 들어줘."

"……."

평탄한, 하지만 단호하기 그지없는 말에 셀릭이 한순간 멍한 얼굴이 되었다.

그리고 잠시 후. 아이가 고개를 천천히 끄덕였다.
"……네, 떼 안 쓸게요."
"좋아, 그렇다면 계약 성립이군."
그제야 아렌트 역시 입꼬리를 살짝 올려 미소 지었다.
"형! 제, 제가 뭐 해야 해요?"
"딱 두 가지만 하면 돼. 잘 들어."
마치 비밀 이야기를 하는 것처럼 아렌트가 목소리를 잔뜩 죽였고, 셀릭은 그것을 경청하려 애쓰며 집중했다.
그런 두 사람을 물끄러미 보던 아서와 리히트가 짧게 한숨을 내쉬었다.
사태가 점점 이상하게 돌아가고 있었다.

* * *

작은 마을이 완전히 잠들고, 새하얀 달만이 휘영청 떠올라 어둠에 잠긴 지붕 위에 미끄러지는 시간. 아렌트 일행은 조용히 여관에서 빠져나왔다.
아렌트는 거대한 늑대의 뾰족한 주둥이에 천 조각을 내밀었다. 셀릭의 형이 지니고 다니던 손수건이었다.
킁킁.
냄새를 몇 번 맡은 늑대, 워렌은 잠깐 고민하다 방향을 잡고 터벅터벅 걷기 시작했다.

"너희는 굳이 안 따라와도 된다고 했을 텐데."
"여기까지 왔는데 빈손으로 가라고?"
아렌트의 말에 르웰린이 씨익 개구쟁이 같은 미소를 지었다. 그가 데려온 두 사람 역시 마찬가지였다.
"아렌트 경이랑 같이 움직이면 재미있는 일이 끊이지 않을 거라고 하더니, 그 말이 진짜였군."
"어차피 우리 대장이 물러서지 않을 텐데, 우리만 발을 뺄 수는 없잖아. 저 인간, 은근히 뒤끝이 길어서. 나중에 무슨 욕을 들을지 몰라."
켄과 로드릭의 말에 아렌트는 그냥 고개를 내저어 버렸다.
"죽어도 책임 못 져."
"괜찮아. 생명 수당은 우리 대장이 주거든."
로드릭이 킬킬거렸다. 전투원이 하나라도 더 있으면 이쪽에야 좋은 일이었다.
칸타레스에게 연락해 지원을 요청했지만, 그들이 도착할 때까지 기다릴 수는 없었다. 끌려간 사람들의 안전이 걸린 데다가, 기사단이 움직였다는 것을 알아차리면 상대도 가만히 있지는 않을 테니까.
"불가피한 경우를 제외하고는, 정면충돌은 최대한 피한다."
"하지만 언제나 불가피한 일이 생기곤 했죠."

리히트가 침착하게 내린 지시에 아서가 떨떠름하게 덧붙였다.

일행은 곧 산으로 들어가는 길에 접어들었다. 평범한 사람들이라면 한 발짝 내딛기도 힘들 어둠이 깔렸지만, 충분히 단련된 그들에겐 달빛만으로도 충분했다.

키 작은 나무와 풀포기가 드문드문 나 있을 뿐인 척박한 길이 이어지다, 곧 바위산에 뿌리내린 숲길에 접어들었다.

워렌은 냄새에 집중하며 신중하게 걸음을 옮겼다.

그렇게 묵묵히 산을 올라가기를 몇 시간.

"마을에서 호수까지 얼마나 걸린댔지?"

"그렇게 멀지 않다면서."

켄이 툭 던진 질문에 로드릭이 꺼림칙하게 대꾸했다.

예상대로라면 이미 호수에 당도하고도 남을 무렵이었지만 끝도 없이 펼쳐진 산길은 좀처럼 끝날 기미가 보이지 않았다.

"……이상한데. 너무 조용하잖아."

르웰린이 조용히 읊조렸다.

그들의 발걸음 소리만 어두운 산에 새겨질 뿐, 그 이외에는 아무것도 들리지 않았다.

가만히 귀를 기울이던 켄 역시 맞장구쳤다.

"짐승 소리가 전혀 안 나는군."

이 정도로 깊은 산속이라면 새나 짐승 소리 정도는 들려야 정상인데, 그 기척조차 느껴지지 않았다.

그때 앞서가던 워렌이 우뚝 걸음을 멈추자 르웰린이 의아한 목소리로 물었다.

"워렌?"

"……."

일행을 멈춰 세운 늑대는 심유한 눈으로 어두운 숲을 천천히 둘러보았다.

마치 사냥감을 포착한 야수 같은 모습에 그들은 조금 긴장할 수밖에 없었다.

워렌의 곁에서 걷던 아렌트 역시 눈앞에 펼쳐진 짙은 어둠을 가만히 응시했다.

아서가 그의 곁으로 다가갔다.

"뭐야. 왜 그래?"

"마력 흐름이 이상해요."

"……인간치고 감각이 예민하군."

뒤이어 워렌이 체구를 줄이더니 인간 모습으로 변해 두 발로 버티고 섰다.

"냄새가 끊겼다. 그리고 이 녀석 말대로 묘한 마력이 느껴져."

"어느 순간부터 결계에 걸려든 것 같은데."

뒤이어 아렌트가 덧붙였다.

웨어 울프와 황실의 기사들까지 걸려드는 함정 결계라니. 저절로 모골이 송연해질 수밖에 없었다.

로드릭이 어색하게 웃었다.

"야…… 너무 덤덤하게 말하는 거 아냐? 언제부터? 난 아무것도 못 느꼈는데?"

"산짐승 소리가 안 들렸을 때부터."

워렌이 담백하게 대꾸했다.

때마침 분 차가운 바람이 그들의 **뺨**을 쓰다듬고 지나갔다.

더 이상 전진할 수도, 돌아갈 수도 없었다.

어차피 결계의 주인은 그들이 여기까지 당도했다는 것을 이미 알아차렸을 테니까.

얼어붙은 것처럼 그 자리에 **뻣뻣**이 서 있던 이들을 깨운 건 아렌트가 쯧 혀를 차는 소리였다.

"염탐이고 나발이고…… 이러면 결국 정면충돌밖에 답이 없는데요."

상황에 맞지 않는 태연한 불평이 유난히도 조용한 어둠 속에 울려 퍼졌다.

스릉.

검을 뽑은 아렌트가 서서히 마력을 끌어올리기 시작했다. 아서와 리히트 역시 묵묵히 발검했다.

"이것 보십쇼. 늘 불가피한 일이 생긴다니까요."

"동의한다. 참 유감이군."

달빛을 반사한 검 세 자루가 새하얗게 빛나며 예기를 내뿜었다. 동시에 아티팩트가 발동하며 섬뜩한 냉기가 아렌트의 주변을 휘감았다.

길이 막혔을 때는, 뚫어 버리면 그만이다.

5장. 미친놈에겐 매가 약

미친놈에겐 매가 약

느긋하게 누워 있던 소녀가 벌떡 몸을 일으켰다.
쿵, 쿠웅.
공기를 때리는 둔탁한 울림이 느껴졌다.
"……이야, 이런 식으로 막 나간다고?"
적어도 얼마간은 더 동요하거나, 지원군을 끌고 오기 위해 마을로 되돌아가려 할 거라 여겼다.
물론 왔던 길을 되짚어가려 한 걸음 내딛는 순간, 놈들은 영원히 결계 속을 헤매게 되었겠지만.
아사 직전이 된 놈들을 손쉽게 처리하려고 했다만, 아무래도 이 정도 함정에 걸려들 실력은 아닌 모양이었다.
"아렌트 폰 에크하르트를 처리하면 칭찬받을 수 있을 텐데."

하지만 아직 기회가 완전히 날아간 건 아니었다.

어찌 된 영문인지는 모르겠지만 제 앞마당에 놈이 나타난 이상, 순순히 보내 줄 생각은 없었다.

소녀의 입가에 짙은 미소가 피어났다.

그때, 똑똑.

정중한 노크가 들려왔다.

고개를 드니 10대 후반 언저리 되어 보이는 소년이 열린 문틈 사이로 의아하게 고개를 내민 것이 보였다.

"진 님, 무슨 좋은 일이라도 있으세요?"

"아냐, 아무것도. 몸 상태는 어때?"

"아주 좋아요. 다른 분들도 그렇고요."

소년이 고개를 끄덕이자 진이라 불린 소녀가 손을 휘휘 내저었다.

"좋아, 그러면 가서 놀아. 내 귀염둥이들 밥 주는 것도 잊어버리지 말고."

"네!"

해맑게 고개를 끄덕인 소년이 몸을 돌려 종종걸음 쳤다.

그 뒷모습을 물끄러미 바라보던 진이 입을 비죽였다.

"생각보다 진행이 더딘데……."

하지만 그녀는 곧 고민을 집어치워 버렸다.

지금 중요한 건 저들이 아니다. 모처럼 찾은 이 예쁜 성에 쳐들어온 녀석들이지.

콧노래를 부르며 자리에서 벌떡 일어난 진이 통신용 수정구를 찾았다.
재미있는 일이 일어날 것 같으니, 우선 자랑부터 할 생각이었다.

* * *

콰아앙!
공기가 뒤흔들리며, 마치 보이지 않는 벽에 부딪힌 것처럼 리히트의 검이 튕겨져 나왔다. 그 자리를 교대하듯 아서가 검기를 일으켜 내려쳤다.
마지막으로 아렌트의 차가운 검이 별과 닮은 서리를 흩뿌리며 선배들이 남긴 상흔을 따라 파고들자…….
쩌어억.
잠잠하던 밤하늘에 거미줄 같은 균열이 생겼다. 그 자리에 결계가 있다는 증거였다.
지켜보던 이들은 잠시 할 말을 잃어버리고 말았다.
함정에 빠졌다는 걸 알아차리면 잠깐이라도 동요하는 게 당연할 텐데, 이리저리 재는 것도 없이 냅다 검부터 빼 들다니.
"칼리온 제국의 기사님들이 생각보다 화끈한데. 대장이 마음에 들어 할 만하네."

"하하……."

르웰린이 어색한 미소를 지었다. 분명 처음부터 저러지는 않았을 것이다. 누구누구에게서 악영향을 받은 덕분이겠지.

마지막으로 마력을 있는 힘껏 끌어모은 리히트가 결계의 금 사이에 검기가 실린 검을 강하게 꽂아 넣었다.

콰아아앙!

앞선 것보다 훨씬 커다란 울림이 하늘을 뒤흔들고, 허공에 새겨진 금이 더욱 커지더니 이내 쨍그랑! 소리를 내며 산산조각 났다.

갑자기 공기가 바뀌는 느낌에, 저도 모르게 몸을 움츠렸던 르웰린이 고개를 들었다.

밤하늘 아래에 펼쳐진 투명한 막에 커다란 구멍이 뚫린 게 보였다. 조각조각 흩날리는 마력의 파편과 새하얀 살얼음이 달빛을 받아 반짝였다.

그 광경에 넋을 놓을 틈도 없이, 가장 먼저 움직인 아렌트가 구멍 안쪽으로 뛰어들었다.

"제발 혼자 뛰쳐나가지 마라!"

"아오, 진짜!"

그 뒤를 이어 리히트와 아서 역시 모습을 감추자 워렌이 고개를 절레절레 내저으며 뒤따랐다.

남은 세 사람 역시 피식피식 웃으며 움직일 수밖에 없

었다.

 결계를 통과한 순간, 신선한 공기가 폐부 깊숙이 파고들었다.

 한층 청명해진 밤하늘이 일행을 굽어보는 가운데, 고요한 수면 위로 부서지는 달빛이 가장 먼저 눈에 들어왔다.

 "……."

 저 멀리 가파른 내리막길 끝에 자리 잡은 호수가 보였다. 이번에야말로 탐험가들은 할 말을 잃어버리고 말았다.

 눈앞에 펼쳐진 광경은 가히 절경이었다. 깎아지른 산맥이 차가운 위용을 자랑하며 사방을 감쌌고, 찬란한 월광을 고스란히 받아 낸 호수가 신비로운 빛을 품었다.

 온갖 감상이 머릿속을 스쳤지만 르웰린의 입 밖으로 흘러나온 첫 마디는 이거였다.

 "……드래곤이 좋아할 만한 곳이네."

 깊은 산인 만큼, 이곳은 청정한 마력이 충만했다.

 게다가 근처에 마을이 있어 인간과 교류하기도 괜찮은 위치이니, 인간 틈에 섞여 살기를 원하는 온순한 드래곤이 거처로 삼기에 최적의 장소였다.

 "야."

 멍하니 앞을 바라보던 르웰린의 의식에 퉁명스러운 목소리가 불쑥 끼어들었다.

"어, 어?"

"싸움 잘하냐?"

퍼뜩 정신을 차린 그가 멍청히 대답하자 아렌트가 짧게 물었다.

"뭐, 그쪽보다는 아니겠지만……."

"내가 준 거 갖고 있지?"

드래곤 본 아티팩트를 말하는 거였다.

얼떨떨하게 고개를 끄덕이려던 르웰린은 곧 기사들과 워렌이 경계 태세를 갖췄다는 것을 알아차렸다.

"미안."

짧게 사과한 르웰린과 다른 두 사람 역시 검을 뽑아 들었다.

크르륵.

짐승이 목울대를 긁는 소리가 들리더니 맑은 공기 사이로 시체 썩는 악취가 코를 찔렀다.

거대한 산맥이 드리운 짙은 그림자 뒤에서 정체불명의 실루엣이 모습을 드러낸 것도 거의 비슷한 순간이었다.

"크륵……."

뻣뻣하게 솟은 검은 털과 초점이 엇나간 눈동자, 그리고 늑대를 닮은 머리가 달빛 아래에 드러났다.

살짝 벌어진 주둥이 사이로 끈적한 액체가 뚝 떨어졌다.

놈의 모습을 확인한 아서가 멍하게 입술을 달싹였다.

"늑대…… 인가?"

"아닌 것 같다."

리히트가 그 말을 부정했다.

평범한 늑대보다 체구가 세 배는 큰 데다, 누덕누덕 기운 흉터가 고스란히 보이는 몸통에 바닥에 끌릴 정도로 튀어나온 혀와 두툼한 발까지.

일견 산짐승 같기도 했지만, 놈에게서 풍기는 심상치 않은 악취와 마력은 차라리 구울에 더 가까웠다.

하지만 그렇다고 해서 구울이라고 확신할 수 있는 것은 아니었다. 비록 짐승의 것이지만, 이쪽을 노려보는 눈동자는 선명한 증오와 적의를 담고 있었다.

그렇다면 그 뒤에 발견된 신종 구울, 즉 살아 있는 인간을 개조한 것으로 보이던 그놈들과 비슷한 종류일지도 몰랐다.

잠시 후. 선두에 선 놈의 뒤를 이어서 다른 짐승들이 천천히 모습을 드러내기 시작했다.

두 발로 걸으며 긴 팔을 질질 끄는 놈과 거미처럼 부푼 몸에 매달린 여덟 개의 다리로 기이하게 움직이며 오크를 닮은 대가리로 이를 부득부득 가는 괴물, 거대한 지네와 갈고리 같은 앞다리가 달린 뱀까지.

하나같이 기괴한 모습을 확인한 일행의 얼굴이 딱딱하

게 굳었다.

"저게 도대체 뭐야……?"

켄이 얼빠진 채 중얼거렸지만 대답해 줄 수 있는 사람은 아무도 없었다.

저마다의 살기를 드러내며 괴물들이 포위망을 좁혀 왔다. 쯧 혀를 찬 아렌트가 다시 마력을 끌어올려 아티팩트를 발동했다.

"하여간, 변태 취향 어디 안 간다니까. 다들 저거 보여요?"

아렌트의 눈동자는 괴물들의 너머, 먼발치 보이는 호숫가의 작은 오두막에 닿아 있었다.

광산 마을이 있었던 자리인지, 근처에 폐허가 된 집터들이 제법 보였다.

"일단 뚫고 저기까지 달리죠."

이런 순간에도 그저 침착하기만 한 아렌트를 힐끗 본 리히트와 아서가 검을 고쳐 쥐었다.

"아서, 오른쪽을 맡아라."

"알겠습니다."

리히트의 명령에 아서가 담백하게 대답하고, 아렌트가 자연스레 선두에 나섰다.

"워렌은 내 뒤에서 우릴 엄호하고 르웰린, 그쪽은 후방을 맡아."

"알겠다."

"알았어."

모두 전투태세에 돌입한 것을 확인한 아렌트가 순식간에 마력을 끌어올렸다. 그가 냉기를 검기처럼 휘감으며 르웰린을 향해 말했다.

"약점은 머리랑 심장. 그 외에는 급소를 베어도 안 죽을 테니까, 굳이 상대하지 말고 포위망을 뚫는 데 집중해."

그러고는 가볍게 지면을 박차, 썩은 타액을 질질 떨어뜨리는 적을 향해 돌진했다.

"크와아앙!"

그와 동시에 괴물들 역시 길게 울부짖으며 달려들기 시작했다.

아렌트의 목을 물어뜯기 위해 달려들던 짐승은 앞으로 치고 나간 리히트에게 가로막혔다.

검이 빛을 발하며 목을 깨끗하게 베어 냈지만, 잠시 주춤하나 싶던 적은 몸통만 남은 채로 거대한 발톱을 휘둘렀다.

"……!"

카아앙!

급하게 검로를 비틀어 방어한 리히트는 놈을 강한 힘으로 쳐 내고 몸통까지 가로로 길게 베어 냈다.

그제야 적은 메마른 땅에 쓰러졌지만, 그럼에도 완전히

숨이 끊어진 것은 아닌지 다리를 허공을 향해 휘적거렸다.

"……믿기지가 않는군."

등골이 서늘해지는 광경이었다.

하지만 괴물들이 끝도 없이 밀려드는 마당에 경악할 틈 따위는 주어지지 않았다. 리히트는 이를 악물고 다음 적을 상대해야만 했다.

아서 역시 상황은 비슷했다.

여덟 개의 다리로 순식간에 접근한 거미 괴물의 목을 쳐 냈지만, 적은 멈추지 않고 돌진해 아서를 덮쳤다.

"뭐, 뭐야?"

반사적으로 검을 치켜들어 날아드는 곤충 다리를 막아서자, 카아앙! 마치 금속끼리 충돌한 것처럼 둔탁한 울림이 전해졌다.

머리통을 잃고도 덤벼 오는 적에 아서가 아연해하려는 찰나, 뒤에서 끼어든 워렌이 적을 단숨에 산산조각 냈다.

"정신 차려라."

멍청히 서 있을 틈은 없었다.

워렌은 다시 길게 울부짖으며 적들 사이로 파고들었고, 아서 역시 퍼뜩 정신을 차리고 다음 적을 베어 냈다.

그렇게 생긴 잠깐의 틈을 아렌트는 놓치지 않았다.

강한 냉기가 전장을 한바탕 휩쓸었다.

자신을 향해 달려들던 괴물들이 순식간에 서리에 뒤덮

이며 뻣뻣하게 얼어붙자, 아렌트는 미련 없이 앞으로 돌진했다.

하지만 괴물들의 발을 붙잡을 수 있는 시간은 그리 길지 않았다.

몇 초 뒤, 얼어붙은 몸을 어떻게든 움직이려 꿈틀거리던 놈들을 처단한 것은 르웰린과 켄, 로드릭의 검이었다.

부하들을 먼저 앞으로 보낸 르웰린은 뒤에서 덮쳐 오는 적들을 향해 검을 크게 내지르며 아티팩트를 발동했다.

공기가 강한 파장을 일으키고, 곧이어 퍽! 하는 소리와 함께 지척까지 다다른 괴물들의 몸통이 검은 피를 뿌리며 찢겨 나갔다.

"허억!"

마력이 한꺼번에 빠져나가는 감각에 르웰린의 얼굴이 창백해졌다.

"대장, 초반부터 힘 빼지 마! 이제 시작이라고!"

"젠장, 나도 알아!"

짜증스레 대꾸하며 르웰린은 달리는 속도를 높여 두 사람과 나란히 섰다.

뒤에서 덤벼 오는 괴물들과 잠시나마 거리를 벌린 그들은 아렌트가 남겨 둔 적들을 처리하는 데 집중할 수 있었다.

한편, 아렌트는 거침없이 직진하기만 했다.

적이 보이면 닥치는 대로 베고, 단번에 처리하지 못하면 미련 없이 포기한 뒤 정면에서 달려드는 놈들을 향해 몸을 돌렸다.

막무가내로 덤벼드는 거대한 괴물을 가까스로 쳐 낸 리히트는 짧게 숨을 돌리며 힐끗 후배 쪽을 곁눈질했다.

'지독한 놈.'

한 명이 쓰러지면 모두가 죽는다.

그런 상황에서도 저놈의 평정심은 전혀 흔들리지 않았다.

새하얀 얼굴에 이름 모를 짐승의 피를 덕지덕지 묻히고서도 그저 무덤덤하게 앞만 바라보는 모습이 기괴한 형체의 괴물들보다 더 섬뜩할 지경이었다.

하지만 어쩌면 그런 점이, 세상에 믿을 놈 하나 없다는 것처럼 구는 그가 보내는 신뢰의 증거일지도 몰랐다.

자신이 제 몫을 다하면 다른 이들도 반드시 뒤따라올 거라는 대책 없는 믿음.

"워렌!"

"알았다!"

리히트의 외침에 워렌이 교대하듯 끼어들어 꿈틀대는 적을 끝장냈다.

콰드득, 살벌한 소리와 함께 워렌의 발톱이 적을 찢어 놓는 사이 리히트는 다시 검을 다잡고 아렌트 앞으로 뛰어들었다.

리히트의 검에 선명한 검기가 깃들더니 이내 덤벼드는 적들의 몸을 한꺼번에 베어 버렸다.

"키에에엑!"

"끼이익! 끼이이익!"

단단한 살가죽이 갈라지며 검게 죽은 피가 사방으로 솟구치고, 괴물들이 비명을 내지르며 뒷걸음질 쳤다.

그리고 다음 순간.

지면을 강하게 박찬 아렌트가 리히트를 제치고 다시 검을 크게 휘둘렀다.

싸늘한 냉기가 괴물들을 순식간에 휘감았다.

미처 반항할 틈도 없이 새하얗게 얼어붙은 적들을 뒤로한 아렌트가 사뿐히 지면에 내려섰다.

"단장님 흉내치고 너무 어설프지 않아요?"

"시끄럽다."

여지없이 날아든 이죽거림에 리히트가 짜증스레 대꾸했다.

가장 앞에서 적의 포위망을 뚫고 앞으로 한 발짝 내디딘 순간, 아렌트는 또다시 공기가 변했음을 감지했다.

"……!"

급하게 걸음을 멈추고 옆으로 몸을 날리자, 아무것도 없던 공간에서 불쑥 나타난 장검이 허공을 갈랐다.

콰득!

바로 전까지 그가 서 있던 자리에 거대한 검을 박아 넣은 괴물이 천천히 고개를 들었다.

'골렘?'

거인같이 커다란 체구와 인간과 흡사한 외관은 언젠가 보았던 빈센트의 골렘과 비슷한 생김새였다.

하지만 강하게 풍기는 썩은 냄새와 희미하게 느껴지는 놈의 호흡이 골렘 따위가 아니라는 것을 증명하고 있었다.

"스으으……."

벌어진 입 사이에서 검은 독기가 흘러나왔다.

꼬락서니를 보아하니 이 앞에 있는 게 누구인지도 짐작이 갔다.

황실 편으로 완전히 돌아선 슈타들러 백작 대신 놈들이 영입한 연구자, 그놈이겠지.

그렇다면 이 괴물 역시 숨이 붙은 채로 개조당한 인간일 터.

그때, 괴물이 거대한 검을 머리 위로 치켜들어 아렌트를 향해 똑바로 내려쳤다.

땅을 박차고 아슬아슬하게 회피한 순간.

콰아앙!

검이 바닥에 처박히며 부서진 바위 조각이 사방으로 튀었다.

"와, 씨."

한 번 잘못 맞으면 뼈도 못 추릴 위력이었다.

잠깐 한눈파는 사이 다시금 적이 길게 울부짖으며 덤벼왔다.

아렌트 역시 대응하려 검을 꽉 쥔 찰나, 뒤에서 불쑥 튀어나온 워렌이 거인의 어깨에 발톱을 박아 넣었다.

"커어어어억!"

거인의 목에서 뭐라 형언할 수 없는 비명이 터져 나왔다.

검게 죽은 살을 한 움큼 뜯어낸 워렌이 괴물의 상체를 박차고 떨어져 나왔고, 놈이 휘청거리는 틈을 타 리히트가 깨끗하게 목을 베어 냈다.

"커…… 커억……."

거대한 체구가 중심을 잃고 비틀댔지만, 숨이 끊어진 것은 아니었다. 어떻게든 두꺼운 두 다리로 중심을 버티고 선 괴물이 다시금 공격을 감행하려는 찰나, 차가운 검이 놈의 심장을 꿰뚫었다.

"……!"

싸늘한 냉기와 함께 거구가 순식간에 새하얀 얼음으로 뒤덮였다.

아렌트의 검이 무자비하게 뽑히고, 이번에야말로 절명한 거인의 몸뚱이가 지면에 쓰러지며 와장창, 산산조각 났다.

"하아……."

짧게 심호흡하며 아렌트는 거인의 잔해를 딛고 자세를 바로 했다.

정신 차리고 보니 일행 모두가 완전히 포위망을 빠져나와 있었다. 산짐승을 닮은 괴물들은 먼발치에서 이쪽을 바라보기만 할 뿐, 더 이상 접근하지 않았다.

"체력 아껴, 이 자식아. 벌써부터 그렇게 날뛰면 나중엔 뭐 어쩌려고."

"남이사. 선배나 신경 써요…… 쯧."

아서의 잔소리를 흘려듣던 아렌트는 검에 박아 둔 마정석 하나가 빛을 잃어 간다는 걸 깨닫고는 짧게 혀를 찼다.

길을 뚫느라 무리하게 마력을 끌어낸 결과였다.

내키진 않지만 그의 말대로 자제할 필요는 있어 보였다.

"부상자는?"

"없는 것 같다."

리히트의 물음에 르웰린 쪽을 힐끗 확인한 워렌이 담담히 대답했다. 그들 역시 다소 지쳤을 뿐, 큰 부상을 입은 사람은 아무도 없었다.

검이며 옷에 덕지덕지 들러붙은 검은 피를 털어 내던 로드릭이 질린 얼굴을 했다.

"저놈들이 말로만 듣던 구울인가? 내가 아는 구울이랑은 좀 다른데?"

"악신교니 뭐니 하는 놈들이 만든 거지? 취향 한번 지독하군."

뒤이어 켄 역시 질색하며 투덜거렸다.

"그나저나 아렌트 경, 댁 마법사였어? 아니면 우리 대장이랑 비슷한 물건을 갖고 있는 건가?"

"그쪽 대장한테 그걸 준 사람이 난데."

"역시. 능숙하게 사용하는 모양새가 우리 대장이랑은 꽤 다르더라니."

"어설퍼서 미안하게 됐다. 그건 그렇고……."

키득키득 웃음을 터뜨리는 로드릭에게 쏘아붙이던 르웰린은 인상을 찌푸리고 주변을 둘러보았다.

"또 결계 속에 빠진 거 아냐?"

"그런 것 같군. 미묘하게 공기가 다르다."

워렌 역시 주변을 둘러보며 맞장구쳤다. 저 멀리 보이던 호수와 오두막이 가까워졌지만, 그럼에도 공간 자체에서 느껴지는 위화감은 사라지지 않았다.

군데군데 남은 집터를 유심히 응시하던 리히트가 툭 내뱉었다.

"달빛 방향이 이상하군."

위화감의 정체는 바로 그것이었다.

달이 휘영청 뜬 밤.

그들이 딛고 선 장소의 그림자는 발치 언저리에 머물렀지만, 오두막 근처의 그림자는 동쪽으로 뻗은 게 보였다.

"몇 놈 더 있습니다."

아서가 입을 열었다. 워렌은 이미 고요한 눈으로 달빛이 드리운 그림자를 물끄러미 응시하고 있었다.

"가로막는 놈들만 처리하면서 뚫고 가죠. 앞에 또 뭐가 튀어나올지 모르는데."

"말은 쉽지. 아까 보니까 덩치는 커도 제법 재빠르던데."

쯧 혀를 차면서도 아서는 아렌트의 말에 호응해 다시 검을 다잡았다.

아닌 척하고 있었지만, 거인 구울을 본 순간부터 점점 마음이 급해지고 있었다. 아마 이것들은 살아 있는 인간을 토대로 만들어졌을 터였다.

시간을 더 끌면 잡혀갔다는 민간인들이 위험해질 뿐이었다.

방향은 이미 정해졌다.

그림자 속에 숨어 있던 거인 구울이 이를 부득부득 갈며 움직이려는 순간, 워렌이 가장 먼저 앞으로 뛰쳐나갔다.

그것이 마치 신호라도 된 듯, 아렌트와 기사들 역시 뒤

따라 지면을 박찼다.

"크와아앙!"

거인의 어깨를 감싸 쥔 워렌이 두꺼운 손톱으로 단번에 심장을 꿰뚫었다.

우드드득!

살벌한 소리와 함께 거인이 끔찍한 비명을 토해 내려는 찰나, 뒤이어 달려든 리히트가 목을 쳐 냈다.

쿠웅, 쓰러지는 거인을 뒤로한 그들은 달빛이 일그러진 공간을 향해 몸을 날렸다. 좌측에서 포효하며 달려드는 거인을 향해 르웰린이 아티팩트를 발동했다.

강한 기파가 날아가 거대한 머리통을 터뜨리고, 다음으로 달려든 켄이 적의 가슴을 크게 베어 냈다.

강하게 지면을 박차고 도약한 아렌트는 정면에서 검을 휘두르는 적의 목을 베어 낸 뒤, 가볍게 착지해 그대로 앞으로 달려 나갔다.

얼어붙기 시작한 놈의 숨통을 완전히 끊어 내는 것은 아서의 몫이었다.

'이제 목적지가 얼마 남지 않았다.'

화살처럼 쏘아져 나간 아렌트는 달빛이 일렁이는 곳을 향해 강하게 검을 내질렀다.

분명 아무것도 없는 허공에서 검이 가로막히며, 카아앙! 귀를 찢는 맑은 파쇄음이 터져 나왔다.

잠시 후. 결계의 벽이 약해지며 거미줄 같은 실금이 가기 시작했다.

아렌트가 뒤로 물러서자 교대하듯 날아든 리히트가 금이 간 자리를 크게 내려쳤다.

콰아아앙!

마치 천둥소리 같은 울림이 공기를 뒤흔들더니 쩌어억, 투명한 허공 사이에 간 금이 더욱 커지다 이내 쨍그랑 소리와 함께 산산이 조각났다.

그리고 다음 순간.

미처 반응할 틈도 없이, 갑작스레 터져 나온 환한 빛이 일행을 휘감았다.

발밑이 갑자기 훅 꺼지는 감각에 눈을 질끈 감았던 리히트가 다시 앞을 확인했을 때는, 눈앞의 풍경이 완전히 달라진 채였다.

"……!"

분명 산맥의 호수 근처에 있었을 텐데, 지금 그가 두 발을 딛고 선 곳은 두꺼운 카펫이 깔린 정체불명의 복도였다.

오랫동안 폐쇄되었던 실내 특유의 답답한 공기가 느껴졌다. 곁에 선 아서가 얼떨떨하게 중얼거렸다.

"뭐야. 여기 어딥니까?"

리히트는 한참 동안 입만 달싹이다 간신히 운을 뗐다.

"순간 이동 마법…… 인가?"

순간 이동이 가능한 건지는 차치해 두더라도, 그것 이외에는 지금 현상을 설명할 수 없었다.

방금까지만 해도 달빛이 가득 찬 밤하늘과 군데군데 남은 폐허가 보였는데, 지금 그들이 마주한 것은 기이한 침묵이 흐르는 복도였으니까.

"다른 사람들은요?"

"어?"

아연실색해 멍하니 서 있던 두 사람은 불쑥 튀어나온 아렌트의 목소리에 퍼뜩 정신을 차렸다.

복도에 덩그러니 선 것은 기사 셋뿐.

워렌도, 르웰린 일행도 보이지 않았다. 소스라쳐 급히 주변을 둘러보았지만 바뀌는 건 아무것도 없었다.

인기척 하나 느껴지지 않는 주변은 고요하기만 했다.

적어도 그들의 기감이 닿는 곳에는 르웰린 일행이 없다는 뜻이었다.

연달아 급변하는 상황에 리히트가 솔직한 탄식을 터뜨렸다.

"……진짜 돌겠군."

도대체 무슨 일이 벌어지고 있는 건지 감도 잡히지 않았다. 아렌트 역시 심기가 불편한 얼굴로 어두운 복도 저편을 노려보았다.

"결계를 통과하는 순간, 모종의 힘에 의해 이쪽으로 끌려들어 온 게 아닐까요?"

"차라리 환영이라고 하는 쪽이 속 편할 것 같지 않냐?"

아서의 말대로였다.

순간 이동, 즉 텔레포트 마법은 과거 대전쟁 시대에 사라진 지 오래인 데다…… 인간은 종족의 한계로 결코 시전하지 못하는 마법이라 알려져 있다.

기사는 물론이고 웨어 울프까지 걸려들 결계를 펼친 것도 모자라 이만한 인원을 한꺼번에 텔레포트 시키는 것은 인간의 영역을 아득히 벗어난 자만이 가능했다.

그 정도로 강한 적의 손바닥 위에 놓인 지금, 그들은 거미줄에 걸린 벌레와 다르지 않은 처지였다.

"일단은 가 봐요. 이 공간의 주인을 만나면 뭐든 알아낼 수 있겠죠."

주변을 다시 둘러본 아렌트가 담백하게 내뱉었다.

"아무래도 뭔가 더 수작질을 부리고 싶은 것 같고, 다른 사람들도 찾아야 하니까요."

"너는……."

어떻게 이런 상황에도 침착하냐.

그렇게 쏘아붙이려던 아서는 이내 입을 꾹 다물었다.

복도에 고인 어둠을 노려보는 아렌트의 눈동자가 차게 식은 것을 알아차린 탓이었다.

하지만 그것도 잠시.

무슨 생각을 한 건지, 빌어먹을 견습 기사 놈은 쯧 혀를 차고는 한발 앞서 어슬렁대며 어두운 복도를 향해 걸음을 옮기기 시작했다.

나머지 두 사람에게도 다른 선택지는 존재하지 않았다.

평소와 비슷하게 느긋한 걸음걸이로 복도를 가로지르는 놈의 뒤를 따르는 수밖에.

* * *

어둠 속에서 귀를 쫑긋 세우던 워렌이 한숨을 푹 내쉬었다.

"곤란하군."

아무리 주변을 둘러보아도 기사 세 명의 기척이 느껴지지 않았다.

게다가 지금 어디에 있는지 위치조차 파악할 수가 없었다. 방금 전까지 깊은 산에 있다가 갑자기 아무것도 없는 복도 한가운데로 떨어졌으니까.

"그래도 혼자 떨어지지 않은 게 다행인가……."

"그건 그렇지."

르웰린의 말에 켄이 고개를 끄덕였다.

"도대체 무슨 마법이지? 이런 함정은 듣도 보도 못했는데."

"차라리 낡아 빠진 무덤을 조사하는 쪽이 훨씬 편하겠어."

"그러다가 돌무더기에 깔려 죽을 뻔한 게 바로 작년이잖아."

로드릭이 투덜거리자 켄이 받아쳤다. 긴장을 풀려 일부러 시답잖은 소리를 지껄이는 거였다.

쓰게 미소 지은 르웰린이 일행을 재촉했다.

"가만히 있지 말고 움직이자. 여기서 죽치고 있어 봤자 소용없을 테고."

일단은 흩어진 이들을 찾아 합류하는 게 우선일 것 같았다. 대장의 말에 다들 군말 없이 고개를 끄덕이고는 걸음을 옮기기 시작했다.

"살다 살다 별꼴을 다 보는군. 무용담도 이런 무용담이 없을 거야."

"탐험가로서는 영광이지. 살아서 돌아갈 수만 있다면 말이야."

워렌이 낄낄대는 켄을 곱지 않은 눈으로 흘겨보았다.

"재수 없는 소리 하지 마라. 이런 데서 죽으면 웃음거리도 못 돼."

"누가 늑대 아니랄까 봐. 더럽게 딱딱하긴."

"너희들이 지나치게 아무 생각 없는 거다."

로드릭과 워렌이 티격태격하는 소리가 복도의 짙은 어

둠 속에 흩어졌다.
 그리고 잠시 후.
 그들이 사라진 자리에 한 인영이 모습을 드러냈다.
 "……."
 탐험가들이 떠난 방향을 조용히 응시하던 그는 얼마 지나지 않아 스륵, 다시 그림자에 녹아들듯 모습을 감췄다.
 모두가 떠나간 자리에는 불길한 침묵만이 남아 있을 뿐이었다.

* * *

 극이 절정에 치달은 순간.
 뜨거운 조명이 모두 꺼지고 세상이 암전되면 긴장 어린 침묵과 서늘한 공기가 무대를 가득 채웠다.
 딱 몇 초. 갑자기 시야가 차단된 관객들이 숨을 죽인 채 다음 막을 기대하며 무대에 시선을 고정하는 사이, 배우는 경직된 자세를 풀고 한숨을 돌릴 수 있었다.
 배우들이 땀을 식히고 있을 때, 뒤에서 대기하던 스태프들은 분주하게 배경을 바꾸고 소품을 재배치했다.
 다시 막이 오른 뒤 조명이 켜지면 또 다른 세상이 눈앞에 펼쳐진다. '이수현'이 배우로서 무대 위에 섰을 때 가장 좋아하던 순간이었다.

그리고 바로 지금, 엉뚱하게도 그때의 기억이 떠올랐다.

굳이 비유하자면, 부서진 결계 밖으로 빠져나온 순간 아렌트가 느낀 것은 연극이 소강상태에 빠진 바로 그 찰나…… 다음 장면으로 넘어가기 위해 잠깐 무대가 멈췄던 그때와 비슷했다.

하지만 이 어처구니없는 무대가 '이수현'의 연극이 아니라는 것은, 옆에서 들려오는 짜증 가득한 목소리가 증명해 주었다.

"야, 너 무슨 생각하냐?"

"어떻게 하면 확실하게 엿 먹일 수 있을까, 뭐 이런 생각."

거짓말은 아니었다.

아주 잠깐, 샛길로 빠져 버리긴 했지만.

그 담백한 대답에 리히트가 부글부글 끓는 속을 가라앉히려 애쓰며 으르렁거렸다.

"……그것도 좋다만, 도와줄 생각은 전혀 없는 거냐?"

"제가 왜요? 알아서들 잘하시는데."

"선배님, 저 새끼부터 죽여 버리면 안 됩니까?"

"진정해라. 저 새끼 죽이는 것보다 이놈 처리하는 게 더 빠를 거다."

결국 분통을 터뜨린 아서에게 리히트가 침착하게 대꾸했다.

지금 두 사람은 복도를 가득 채울 정도로 거대한 괴물을 상대하던 차였고, 아렌트는 팔짱을 낀 채 그런 선배들을 구경만 할 뿐이었다.

"아오, 진짜!"

부들부들 떨리는 팔로 한참을 괴물과 힘겨루기 하던 아서가 짜증을 쏟아내며 적을 강하게 쳐 냈다.

서걱!

가슴을 크게 베인 거인이 비명을 지르며 뒤로 물러서는 틈에 리히트가 이제는 퍽 익숙한 몸짓으로 머리를 꿰뚫었다.

"케…… 엑."

짧은 단말마를 내지른 괴물이 기우뚱, 하더니 이내 힘없이 뒤로 쓰러졌다.

쿠우웅.

육중한 울림이 복도를 가득 채우고 괴물에게서 쏟아진 검붉은 피가 카펫을 흥건하게 적셨다.

"아까 나타났던 놈이랑 비슷한 거죠?"

"같은 종류다."

그제야 슬쩍 다가오는 아렌트를 리히트가 곱지 않은 눈으로 흘겨보았다.

"처음 나타났던 구울이랑, 폭동 지역에서 사람들을 선동했던 놈 중간쯤 되는 것 같지 않아요?"

아렌트는 숨이 끊어진 괴물을 괜히 발로 툭툭 차 보았다.

"베이면 비명을 지르는 걸 보니 통각은 어느 정도 있는 게 확실하고, 고통스러워하면서도 도망치지 않는 걸 보면 두려움은 느끼지 못하는 것 같은데…… 진짜 취향 한 번 특이하네."

개조당하는 과정에서 분노와 증오, 그리고 공격성 이외의 감정은 모두 제거당하기라도 한 건지. 놈들은 하나같이 피에 미친 광전사처럼 굴었다.

쯧 혀를 찬 아서가 툴툴거렸다.

"그나저나, 이놈들은 자꾸 어디에서 튀어나오는 거야? 분명 아무것도 못 느꼈다고."

아까부터 몇 번이나 이런 상황이 반복되고 있었다.

아무런 기척도 느껴지지 않다가 갑자기 구울이 튀어나오질 않나, 괴물의 시체를 내버려 둔 채 몇 걸음 걷다 뒤를 돌아보면 어느새 시체도 혈흔도 말끔하게 사라져 있질 않나.

찜찜함을 뒤로하고 다시 발을 옮겨도 칙칙한 벽에 색바랜 카펫, 퀴퀴한 공기와 끝없는 어둠이 고인 복도라는 똑같은 광경이 끊임없이 이어지는 것이다.

검에 덕지덕지 묻은 피를 털어 낸 아서가 투덜거렸다.

"도대체 여긴 뭘까요? 슬슬 기분이 나빠지려고 합니다."

"……왕자님 쪽이 걱정이군."

리히트가 복도 저편의 어둠을 근심스럽게 바라보았다.

벽도 부수고 결계가 있음 직한 곳을 향해 검을 휘둘러도 봤지만 변하는 건 없었다.

뻥 뚫린 벽 너머로는 계속 똑같은 복도가 나타날 뿐이었고, 결계를 깨 봤지만 상황은 달라지지 않았다.

결국 그들은 단념하고서 걷고 또 걷는 수밖에 없었다.

아서는 애써 평정심을 유지하고 있었지만, 같은 풍경을 끝도 없이 마주하게 되자 조금씩 초조해졌다.

평범한 인간이라면 벌써 공포에 질려 주저앉아 버렸을 것이었다.

하지만 이런 순간에도 망할 견습 기사 녀석은 그저 태연할 뿐이었다.

"워렌이 함께 있으니 괜찮겠죠. 그리고 그 세 사람도 나름대로 제 몸 하나는 지킬 줄 아는 것 같고."

덤덤하게 대답한 아렌트는 다시 가벼운 상념에 잠겼다가 불현듯 입을 열었다.

"선배들이 개고생하는 틈에 몇 가지 생각해 봤는데요."

"……그냥 한 대 쥐어박으면 안 됩니까?"

"본전도 못 찾을 거, 그냥 가만히 있어라."

살며시 주먹을 쥐는 아서를 리히트가 조용히 말렸다. 아렌트는 신경 쓰지 않고 입을 열었다.

"이상한 점이 몇 개 있습니다."

"뭔데?"

"우선은 이런 난장판 속에서도 진짜 적은 아직 코빼기도 못 찾았다는 것."

아렌트가 그들에게 손가락을 꼽아 보였다.

"그리고 두 번째, 고립시키는 게 목적이었다면 전부 다른 공간으로 날려 버렸어야 하는데, 그러지 않았다는 것."

"……."

"일단은 이 두 가진데…… 미친놈 머릿속이야 알 수 없으니 후자는 일단 미뤄 두고 첫 번째 문제부터 고려해 보죠."

두 사람은 입을 꾹 다물고 가만히 듣기만 했다.

"이 정도 결계를 설치한 걸 보면 분명 평범한 놈은 아닐 거예요. 하지만 그렇게 강하다면 우리와 직접 싸우는 편이 빠를 겁니다."

"……그건 그렇지."

리히트가 수긍하자 견습 기사가 말을 이었다.

"그런데도 굳이 이런 귀찮은 방법을 선택한 이유는, 그게 불가능하기 때문이겠죠."

"어째서?"

"우리에게 모습을 드러내기 싫거나, 혹은 드러낼 수 없거나……."

아서의 물음에 말끝을 흐리던 아렌트가 담백하게 덧붙였다.

"본인이 싸울 수 없다거나, 혹은 셋 다겠죠."

무대 장치를 움직이는 스태프는 결코 관객 눈에 띄어서는 안 된다.

적이 몸을 꽁꽁 숨기는 것도 어쩌면 비슷한 결일지도 몰랐다.

"하지만 너도 방금 이야기했잖아. 적은 이만한 결계를 유지할 정도로 강하다고."

"마력이 전투력에 큰 영향을 미치는 것은 맞지만, 그렇다고 절대적인 기준이 되는 건 아니잖아요."

정확한 지적에 아서가 다시 입을 꾹 다물었다.

"추측은 여기까지 하죠. 중요한 건 우린 이미 적이 만들어 둔 판 위에 끌려들어 왔고…… 꽤 곤란한 상황에 처했다는 겁니다."

"그렇지."

아렌트의 입에서 곤란하다는 말이 순순히 나오니 그건 그것대로 불길했지만, 일단 리히트는 고개를 끄덕였다.

"이럴 때 적의 배알을 뒤틀리게 만들려면 뭐부터 해야 하는지 알아요?"

아렌트의 눈동자가 다시 복도 저편에 고인 어둠을 향했다.

"놈이 짠 판부터 박살 내는 거요."

"뭐?"

"선배들 덕분에 이미 검증은 끝났어요. 숙이시죠."

미처 두 사람이 반응할 틈도 없이, 아렌트가 마력을 끌어올리더니 언젠가 슈타들러 백작이 선물해 줬다는 항마 결계 팔찌를 발동했다.

처음 이 공간에 끌려왔을 때처럼 눈도 뜨기 힘든 강한 빛이 주변을 한바탕 휩쓸더니, 쨍그랑, 퍼엉! 유리 깨지는 소리가 사방에서 터져 나왔다.

"⋯⋯!"

결계가 박살 나며 눈앞의 공간이 기이하게 일그러졌다.

곧 산산조각 난 벽이 빛의 파편으로 산화했다.

"야, 야!"

갑작스럽게 마력을 소모해 비틀대는 아렌트를 발견한 아서가 기겁하고 외쳤지만, 그것마저도 그의 손목에서 터져 나온 환한 빛에 가려졌다.

다음 순간 발아래가 훅 꺼지는 감각이 느껴지더니.

첨벙!

미처 정신 차릴 새도 없이 차가운 물에 전신이 삼켜졌다.

* * *

"⋯⋯어?"

선두에서 걷던 워렌이 우뚝 걸음을 멈추자 뒤따르던 일행 역시 그 자리에 멈춰 섰다.

"왜 그래?"

"냄새가 난다."

르웰린이 의아하게 묻는 말에 워렌이 짧게 대꾸했다.

"냄새? 무슨 냄새?"

"소년의 냄새."

이번에도 담백하기만 한 답이 돌아왔지만 그것만으로도 충분히 알아들을 수 있었다.

처음 마을에서 나설 때 길잡이로 사용했던 실종자 소년의 체취.

워렌이 다시금 그것을 감지해 낸 것이다.

새삼스럽게 주변을 확인한 켄이 중얼거렸다.

"……그러고 보니 느껴지는 공기도 사뭇 다른데."

그 말대로였다. 아까까지는 분명히 피에 전 듯한 탁한 공기만이 느껴질 뿐이었는데, 지금은 지하 특유의 서늘함이 코끝을 시리게 만들고 있었다.

단조롭던 벽지와 카펫도 어느 순간 사라지고 이제는 허름한 벽이 고스란히 드러나 있었다.

워렌이 인상을 찌푸리며 한 가지 가설을 내어놓았다.

"우리가 계속 결계에 갇혀 있었던 모양이다. 이제야 밖으로 빠져나온 거고."

"환장하겠네. 웨어 울프도 있는데 결계 함정에 몇 번이나 빠질 거라고는 상상도 못 했는데."

"……미안하군."

제가 투덜거리는 말에 슬쩍 눈치를 보던 워렌이 중얼거리자 르웰린이 펄적 뛰었다.

"네 잘못 아냐! 상대방이 그만큼 괴물 같다는 거지. 칼리온 제국의 그 잘났다는 기사들도 속수무책이었잖냐."

"아냐, 나도 안일했어. 돌아간다면 좀 더 단련해야겠군."

덤덤히 대답하며 워렌은 다시 냄새에 정신을 집중하기 시작했다.

"……근처에 있는 것 같지는 않아. 하지만 이곳을 지나갔었다는 건 확실해. 꽤 오래전인 듯하지만."

"그렇다면 여기가 놈의 본거지인가?"

"아마도 그렇겠지."

로드릭이 묻자 그가 고개를 끄덕였다.

"좀 더 긴장하고 전진하자. 아직까지는 운이 좋아 다른 함정에는 안 빠졌다지만, 앞으로는 뭐가 튀어나올지 모른다."

"알았어. 워렌, 계속 냄새를 추적해."

"그러지."

르웰린의 명령에 워렌은 잠시 마력을 운용하더니 몸을

부풀렸다. 더욱 늑대에 가까운 모습으로 변한 그가 천천히 앞으로 나아가기 시작했다.

얼굴에 달라붙는 공기가 상당히 습한 것을 보니 아무래도 호수 근처이거나, 아니면 지하 공간인 것 같았다.

바닥과 벽을 유심히 살피던 켄이 한마디 툭 던졌다.

"지저분하긴 해도 비교적 최근에 만들어진 것 같지 않아?"

"그러게. 기껏해야 몇 년 정도…… 아니, 잠깐. 칼리온 제국에 악신교 소동이 벌어지기 시작한 게 채 1년도 안 되지 않았나?"

덩달아 맞장구치던 로드릭이 문득 깨닫고 덧붙이자 르웰린 역시 눈썹을 휘었다.

"그랬지. 시기가 좀 안 맞는데? 아렌트 말로는 그 마을에 수상한 사람이 나타난 건 고작 한 달 전이랬어."

"그렇다면 답은 하나네. 놈들은 이미 한참 전부터 캘비노 산맥에 둥지를 틀었던 거지. 그걸 이제야 발견한 거고."

"그러면 내내 여기에서 숨죽이고 지내다가, 갑자기 인간이 필요해져서 사람들을 데려갔다는 건가? 이것도 좀 앞뒤가 이상하지 않아?"

켄의 호응에 로드릭이 반박했다. 두 사람의 대화를 듣던 르웰린이 타박을 놓았다.

"이 구조물이 지어진 시기가 놈들이 여기에 자리 잡은 때랑 완전히 맞아떨어진다는 법은 없어. 게다가 보존 마법이나 다른 가공을 거쳤으면 겉보기만으로 축조 시기를 판단하는 것도…….”

"잠깐."

하지만 그 말은 끝까지 이어지지 못했다. 워렌이 갑자기 일행을 멈춰 세운 탓이었다.

"뭐야, 왜 그래?"

"누군가가 있다."

르웰린을 뒤로 밀어 넣은 워렌이 성큼 앞으로 나섰다. 그 말에 반사적으로 반응한 로드릭과 켄이 검 위에 손을 얹었다.

동료들이 전투태세에 돌입한 것을 확인한 워렌이 발소리를 죽이고 천천히 목표를 향해 다가갔다.

그리고 드디어 조심스럽게 모퉁이를 돌아 너머의 그림자를 확인한 순간.

"……어?"

워렌은 얼빠진 소리를 내고 말았다.

상처투성이가 된 인간이 그 자리에 의식을 잃고 쓰러져 있던 탓이었다.

* * *

한순간 덮쳐 온 뼛속까지 얼어붙을 정도의 냉기가 사고

를 마비시켰다. 그다음으로 찾아온 묘한 부유감에 잠깐 거부감이 들었지만, 곧 온몸에서 힘이 빠져 버렸다.

 점점 어둠 속으로 몸이 침전되는 와중에 수면에 일렁이는 어렴풋한 빛조차도 점점 멀어지고 있었다.

 왜 이렇게 됐더라?

 아득해지는 정신에 의식이 흐릿했지만, 문득 이 상태도 그런대로 나쁘지 않은 것 같기도 했다. 이렇게 긴장을 풀어 본 것도 오랜만이었으니까.

 하지만 거기서도 또 의문점이 들었다.

 그러고 보니 왜 그렇게 신경을 곤두세우고 있었지? 뭔가 중요한 극이라도 있었던가. 하지만 다 낡아 빠진 극장에 불경기까지 덮치면서 제대로 된 극을 올리지 못하게 된 것도 꽤 오래되었는데…….

 생각이 거기까지 미쳤을 때, 갑자기 누군가가 팔을 잡아끌더니 몸이 수면 위로 확 끌어 올려졌다.

 "콜록, 콜록! 콜록!"

 틀어막혔던 폐부에 한순간 공기가 밀려들며 격한 기침이 터져 나왔다. 물을 울컥 토하며 한참을 뱉어 내고 나서야 그는 자신이 딱딱한 바위 위에 엎드려 있다는 것을 알아차렸다.

 간신히 몸을 추스르려다 또 한바탕 물을 토해 내니 머리가 웅웅 울렸다.

뭐가 어떻게 된 건지 여전히 알 수 없는 와중, 옆에서 숨을 헐떡이는 목소리가 들려왔다.

"야, 괜찮냐?"

"괜찮……."

아, 이게 아니지.

습관적으로 대답하려다 퍼뜩 정신이 들었다.

여기는 낡아 빠진 극장이 아니었다. 자신은 매일 인스턴트로 간신히 연명하는 무명 배우가 아니라 견습 기사 '아렌트'이며, 방금 질문을 던진 사람은 칼리온 제국의 제3기사단 소속 아서 노버트였다.

"안, 괜찮…… 콜록, 안 괜찮아요."

머리가 아찔한 순간에도 어떻게든 대사를 바꿨다. 낯설지만 익숙한 미성이 잔뜩 목에 메인 채 흘러나왔다.

"그렇겠지. 빌어먹을! 사고 칠 거면 말이라도 하던가. 갑자기 정신은 왜 놓고 난리야? 깜짝 놀랐잖아!"

신경질과 걱정이 뒤섞인 외침을 듣고 있자니 그제야 천천히 현실감이 돌아오며 주변이 눈에 들어오기 시작했다.

한숨을 내쉬며 욕을 퍼붓는 아서도, 그 옆에서 주변을 확인하는 리히트도 머리부터 발끝까지 쫄딱 젖은 꼴인 것은 마찬가지였다.

아무래도 결계가 깨지면서 다 같이 호수에 빠지게 된

모양이었다.

"콜록, 콜록! 누가 놓고 싶어서 놨나……."

"그걸 말이라고 해? 위험하니까 체력 좀 아끼랬잖아, 망할 자식아!"

"그럼…… 콜록. 선배가 더 민첩하게 머리를 굴렸어야지. 본인이 늦어 놓고 왜 저한테 잔소리예요?"

정신을 차리자마자 아서와 아옹다옹하기 시작한 아렌트를 본 리히트가 한숨을 내쉬었다.

"움직일 수 있겠나?"

"못 움직인다면 업어 주실 겁니까?"

"말하는 걸 보니 그럭저럭 괜찮아 보이는군. 다른 문제는?"

"하늘이 핑핑 도는데요……."

"마력을 갑자기 많이 소모해서 그렇다. 일어나지 말고 좀 쉬도록."

아렌트는 몸을 뒤집어 천장을 향해 드러누웠다.

산소 부족으로 노랗던 시야가 서서히 제 상태를 되찾아 가며, 종유석이 삐죽삐죽 솟은 천장이 눈에 들어왔다. 아서 역시 숨을 돌리며 주변을 둘러보았다.

"그나저나 여긴 또 어딜까요? 방금 전까지 실내에 있었잖아요. 환각은 분명 아니었는데?"

"또 이동한 게 아니라면…… 애초 그 복도 자체가 이

동굴을 활용해서 만든 것일지도."

 그들이 정신을 차린 장소는 거대한 종유석 동굴이었다.

 은은한 푸른빛을 머금은 호수가 고요히 찰랑이고, 천장에 뚫린 작은 구멍으로 한 줄기의 달빛이 미끄러져 들어왔다.

"아마 캘비노 산맥의 광맥과 이어지는 동굴이겠지."

 그렇게 대답하며 리히트는 아렌트 쪽을 힐끗 보았다.

 그렇지 않아도 흰 얼굴이 마력을 과하게 쓴 탓에 창백하게 질려 있었다.

"괜찮아졌으면 설명부터 좀 해 봐라. 뭘 한 거지?"

"후우…… 항마 결계요."

 간신히 호흡을 가라앉힌 아렌트가 한결 안정을 되찾은 목소리로 대꾸했다.

"갑자기 기척도 없던 구울이 튀어나오질 않나, 쓰러뜨려도 시체는 멋대로 없어지고…… 거기서 단서를 얻었어요. 간단히 말하자면 우리는 복도를 걸은 게 아니라, 투명한 결계로 만들어진 방을 연이어 통과한 거예요. 우리 앞에 구울이 나타난 게 아니고 우리가 구울이 기다리던 방으로 들어갔을 뿐이죠."

 결계 벽을 통과하는 순간 구울이 눈앞에 짠 나타나는 것처럼 보이게 만든 연출로, 무대에서 가벽과 조명을 활용해 관객의 눈을 속여 갑자기 배경을 바꾸는 것과 같은 이치였다.

"그렇다면 벌집 같은 형태의 구조물일 텐데…… 지금까지 했던 것처럼 검으로 베려면 그 많은 벽을 죄다 부숴야 하잖아요. 하지만 그게 소용없다는 건 직접 시험해 봤으니, 그렇다면 안에서부터 터뜨리는 건 통하지 않을까 해서."

"……."

늑대 인간도 제압할 정도의 강한 항마 결계이니, 위력은 충분할 거라 생각했다.

결과는 이렇듯 대성공이었고.

"나름 대가리 굴려서 만들었을 텐데. 꼴좋다."

머리부터 발끝까지 젖은 채 창백한 얼굴로 히죽대는 아렌트를 보는 두 사람의 얼굴이 떨떠름해졌다.

"저놈 눈이 돌아 버린 것 같은데요……."

"새삼스럽게 말하지 마라. 늘 그랬다."

그리 오랫동안 헤맨 것도 아닌데 거기까지 유추했다니, 이쯤 되면 슬슬 무서울 지경이었다.

아마 함정을 만든 장본인도 속이 좀 쓰릴 것이다. 설마 이리 쉽게 공략당할 줄은 몰랐을 테니까.

"그나저나 왕자님 쪽은?"

"다른 공간으로 끌려들어 갔나 보죠. 같은 함정에 빠졌다면 여기에서 합류했어야 정상이에요."

화제를 슬쩍 돌린 아서에게 대꾸해 주며 아렌트가 몸을 일으켰다.

"뭐야. 왜 벌써 움직여?"

"시간 낭비는 이걸로 충분해요. 르웰린 녀석도 찾아야 하고."

아서가 기겁했지만 아렌트는 거추장스럽게 달라붙는 머리칼을 대충 쓸어 넘기며 자리를 털고 일어났다. 잠깐 잡담하는 사이 옷도 어느 정도 말랐으니 움직이는 데에 큰 문제는 없다.

하지만 리히트는 그렇게 생각하지 않는 것 같았다.

"괜찮나? 좀 더 쉬는 게 좋아 보이는데."

"안 괜찮습니다. 그래도 정신 나간 놈 뒤통수라도 한 대 갈겨 주면 좀 괜찮아질 것 같네요."

늘 그렇듯 아무렇지도 않게 대답하며 아렌트는 흐트러진 옷매무새를 가다듬었다.

축축하게 젖은 로브 끝을 꾹 짜내고 흘러내린 머리까지 다시 가다듬어 묶는 것을 지켜보며, 두 사람은 아연해질 수밖에 없었다.

순식간에 말끔한 모습으로 돌아온 아렌트가 선배들을 힐끗 보며 덧붙였다.

"미친놈한테는 매가 약이라잖아요. 놈을 끌어내서 두들

겨 패면 뭐가 어떻게 된 건지도 자연스럽게 알게 되겠죠."

아까부터 쏟아져 나온 괴물부터 사람을 영원히 헤매게 만들려는 의도적인 함정까지.

그 모든 것에서 진한 광기와 악의가 느껴졌다.

어떤 놈인지는 몰라도, 제가 꾸며 둔 무대 위에 사람들을 올려놓고 제멋대로 주무르며 즐거워하려는 거겠지만…….

'그렇겐 못 하지.'

고작 손바닥만 한 무대로 뭘 하겠다고.

그에겐 이 기막히고 어처구니없는 세상 전체가 무대였다.

* * *

워렌이 한참을 굳은 채 서 있자 르웰린이 슬금슬금 가까이 다가왔다.

"……뭐야. 사람이잖아?"

"어어, 그렇지."

르웰린의 놀란 목소리에 워렌이 얼떨결에 고개를 끄덕였다.

그 말대로 분명 인간이긴 했다.

생김새나 체취, 맥박, 호흡수 모두 인간의 것이었지만,

그러나 어째서인지 묘한 위화감이 느껴졌다.

하지만 워렌의 동요를 알 리 없는 르웰린과 동료들은 당장에 달려들어 그의 맥부터 짚어 보았다. 그제야 워렌은 남자의 얼굴을 확인할 수 있었다.

중년쯤 되어 보이는, 평범할 것 하나 없는 사내였다.

그의 상체를 일으켜 세워서 숨소리를 확인한 르웰린이 안도의 한숨을 내쉬었다.

"살아 있어."

"이봐요, 괜찮습니까?"

다행히 부상이 그리 깊은 건 아닌지, 켄이 몇 번 뺨을 툭툭 두드리자 남자는 금세 신음을 흘리며 천천히 눈을 떴다.

"누구……"

입술을 뗀 그를 다시 똑바로 눕혀 준 르웰린이 대화를 시도했다.

"미안한데, 우리도 그리 여유로운 상황은 아니라서. 말할 수 있으면 그쪽이 먼저 설명해 줬으면 좋겠어요. 나쁜 사람은 아니니 안심하고."

"……"

의식이 가물가물한 눈에 잠깐 갈등의 빛이 스쳐 지나갔다. 하지만 그는 곧 더듬더듬 말을 이어 갔다.

"마을에서…… 일할 사람을 구한다고 해서…… 그런데

전부 다 속았어요. 혼자 도망쳤는데…… 하아……."

짧게 입을 여는 것도 힘겨운지 남자는 눈을 질끈 감았다가 떴다.

그 정도 설명으로도 충분했다.

켄, 로드릭과 시선을 나눈 르웰린이 고개를 끄덕였다.

"좋아, 무슨 상황인지 충분히 알겠어요. 움직일 수 있겠어요, 아저씨?"

"……다른, 다른 사람들이 있습니다. 아직 거기에 있어요. 이런 부탁해서 미안합니다. 그 사람들을…… 저희를 제발 도와주세요!"

멍하니 입술을 달싹이던 남자가 갑자기 벌떡 몸을 일으켜 매달려 왔다. 르웰린은 침착하게 그를 떼어 낸 뒤 어깨 위에 손을 올려놓았다.

"잠깐만 침착해 봐요. 물론 그럴 겁니다. 사람들이 어디에 있는지 알아요?"

"예, 예! 제가 안내할 수 있습니다."

남자가 상처투성이 얼굴로 황급히 고개를 끄덕였다.

수상한 점이라고는 전혀 찾을 수 없는 몸짓이었지만 워렌은 여전히 석연치 않은 얼굴이었다.

그것을 발견한 르웰린이 의아하게 물었다.

"워렌?"

"아니다. 아무것도."

가볍게 고개를 가로저으며 워렌은 슬쩍 남자 쪽을 눈짓해 보였다.

제 품에 매달린 남자와 워렌을 번갈아 본 르웰린은 곧 그 시선의 의미를 알아차리고는 작게 고개를 까닥했다.

"……아저씨, 그러면 안내 좀 부탁해도 될까요?"

"뭐? 하지만 움직이기 힘들어 보이는데?"

"괜찮습니다. 할 수 있습니다."

켄이 놀란 소리를 냈지만 남자는 고집스럽게 대답하며 기어이 몸을 일으켰다. 휘청거리면서도 어떻게든 벽에 의지해 몸을 바로 세운 그가 르웰린을 똑바로 보며 숨을 몰아쉬었다.

"아직 젊은 청년도 있습니다. 제발, 제발 외면하지 말아 주세요."

"물론이죠. 로드릭, 이분 좀 업어 드려. 물 남은 거 있으면 좀 나눠 주고."

"알았어."

르웰린의 명령에 로드릭이 당장 남자를 둘러업었고, 켄이 수통을 찾아 건네주었다. 물로 목을 축인 사내가 힘없이 고개를 숙였다.

"감사합니다…… 누구신지는 모르겠지만, 분명 복받으실 겁니다."

"아니에요. 그럼 슬슬 출발하자. 혹시나 함정이 더 있을지도 모르니까 조심하고. 워렌, 계속해서 경계해 줘."
"알았다."
뭘 경계하라는 건지는 굳이 말하지 않았지만 더 설명할 필요도 없었다. 담백하게 대답한 워렌이 자연스럽게 로드릭의 곁에 붙어 섰다.
"뭐야. 왜 이쪽으로 오는데?"
"내 마음이다."
로드릭이 어이없는 목소리로 물었지만 워렌은 누군가에게 배운 뻔뻔함으로 대꾸할 뿐이었다. 로드릭에게 업힌 남자가 손을 뻗어 복도 저편을 가리켰다.
"똑바로 가서 오른쪽으로 꺾으면 계단이 있습니다. 위로 올라가야 합니다."
"좋아요. 출발!"
르웰린의 경쾌한 목소리를 신호로 일행이 다시 걸음을 옮기기 시작했다.

* * *

"추워 죽겠네."
제일 앞에서 걸음을 옮기던 아서가 짧게 툴툴거렸다.
짜증과 엄살이 섞인 목소리가 동굴 내부에 울리자마자 시큰둥한, 하지만 그래서 더욱 밉살맞은 대꾸가 돌아왔다.

"그거 정신력 부족이라니까요."
"너는 싸가지 부족이라고."
"둘 다 입 다물도록."

자연스럽게 시작되려던 두 사람의 말다툼을 막아 버린 리히트가 아직도 축축한 머리를 쓸어 올렸다.

춥다는 아서의 말이 그저 엄살만은 아닌 것이, 머리칼 끝에는 살얼음마저 맺혀 있었다.

산의 밤은 춥다. 더군다나 이곳은 산맥에서도 기온이 가장 낮은 동굴 안이었고, 계절은 이제 겨울로 접어들고 있었다. 단련된 기사가 아니었다면 진즉에 저체온증으로 쓰러졌어도 이상하지 않을 상황이었다.

내심 후배들의 몸 상태가 걱정됐지만…….

"큰일이네요. 벌써 뼈 시리실 나이가 됐다니."
"머리에 피도 안 마른 견습한테 그런 소리 듣고 싶지 않거든?"
"그게 젊음의 상징이죠."

선배 말은 콧구멍으로도 안 듣는 두 놈은 그새 또 옥신각신 중이었다.

"입 다물라고 말했을 텐데."

한 번 더 쏘아붙인 리히트가 이마를 짚었다.

"하아……."

아렌트야 원래 이런 녀석이었다지만, 최근 들어 점점

맞이 가는 아서는 도대체 어떻게 하면 좋을까.

슬쩍 아렌트를 향해 시선을 주자, 귀신같이 눈길을 알아차린 견습 기사 놈이 불퉁하게 한마디 던졌다.

"아까부터 뭘 그렇게 보십니까?"

"아무것도 아니다."

그 뻬딱한 대답에 리히트는 마지막 남은 염려도 곱게 접어 버렸다.

그래, 걱정할 놈을 걱정해야지.

지금 일행은 바람이 빠져나가는 방향의 반대쪽, 동굴의 더 깊은 곳을 향해 나아가고 있었다.

함정을 몇 겹이나 깔아 놓은 적의 성향을 보아하니, 인간의 손이 닿지 않는 곳에 숨어 있을 거라는 아렌트의 추측이 그 근거였다.

그리고 리히트는 그 추측이 맞아떨어졌음을 체감하고 있었다.

길이 점점 좁아지면서, 동굴 내부가 점점 인공적인 분위기를 내기 시작한 것이다.

마침 아서 역시 같은 생각을 했는지 아렌트와 벌이던 대거리를 멈췄다.

"이건 일부러 낸 길 같습니다. 어떻게 봐도 갱도는 아니고…… 누군가 인위적으로 길을 넓힌 것처럼 보이는데요?"

"나도 그렇게 생각한다. 하지만 최근에 가공한 것 같지는 않군."

벽 곳곳에 낀 이끼의 흔적과 마모된 자국이 세월의 흐름을 고스란히 드러내고 있었다.

"원래 이곳의 주인은 따로 있었겠죠. 나중에 찾아온 불청객들이 빈집을 차지한 거고요."

선배들의 대화를 조용히 듣던 아렌트가 불쑥 끼어들었다. 그제야 두 사람은 다시금 자각할 수 있었다.

이곳은 드래곤이 살았던 장소, 즉 '드래곤 레어'의 일부였다.

새삼 그렇게 생각하니 섬뜩해졌지만, 아렌트는 그저 담담하게 말을 이을 뿐이었다.

"비어 있던 레어를 그놈들이 차지하고서 실험실을 꾸렸다고 봐야죠."

"······혹시 말이야. 우리가 가는 곳에 드래곤이 있을 가능성은 없어?"

"진짜 드래곤이었다면 우리 다 진즉에 뒈졌어요."

아서가 조심스럽게 꺼낸 말을 일축한 아렌트가 투덜댔다.

"아까도 말했잖아요. 본체는 어쩌면 별 볼 일 없을지도 모른다고."

"하지만 결계의 수준은 인간의 영역에서 한참 벗어난

것처럼 보였다만."

"입으로 쫑알거리는 것보다는 눈으로 직접 확인하는 게 빠르겠죠."

리히트의 말에 대답하는 대신 아렌트가 정면을 가리켰다.

어느새 돌무더기로 앞이 막힌 곳까지 다다라 있었다.

얼핏 보아서는 막다른 길 같았지만, 그게 아니라는 건 지난 경험으로 충분히 알고 있었다.

"다녀오세요."

"에라, 썩을."

견습 기사가 거만하게 고개를 까닥하자 아서가 욕을 지껄이면서도 검을 뽑아 들었다.

카앙!

그가 벽을 강하게 내려친 순간, 날카로운 쇳소리가 동굴 안에 쩌렁쩌렁 울렸다.

그리고 잠시 후.

환영 마법이 해제된 자리에 낡은 문이 모습을 드러냈다.

이 허접한 무대 뒤로 가는 통로였다.

"이야, 경비견이 득실득실한데?"

문 너머로 정신을 집중하던 아서가 피식 웃음을 터뜨렸다.

다시 한바탕 크게 날뛸 때가 찾아온 거였다.

자연스레 리히트와 아렌트의 손 역시 검 위로 올라갔다.

"첫 등장으로 딱 좋네요."

묘한 웃음기를 띤 견습 기사의 목소리가 귓가를 스쳤다.

지금까지가 서막이었다면, 드디어 본극이 시작되는 순간이었다.

주인공은 정의로운 기사들, 적은 기이한 괴물들을 부리는 악당.

유치찬란한 단막극으로 안성맞춤인 소재였다.

시선을 교환한 그들은 누가 먼저랄 것 없이 자리를 박차고, 낡아 빠진 문을 걷어찼다.

콰아앙!

잠잠하던 동굴에 또다시 한바탕 소란이 벌어졌다.

* * *

상황을 주시하던 진이 소스라치게 놀라며 비명을 터뜨렸다.

"미, 미친 거 아냐?"

분명 함정은 전부 다 순조롭게 발동됐다.

몇 겹이나 되는 결계도, 미리 배치해 둔 괴물들도 전부 계획대로였다.

미친 게 아니고서야 여기서 살아남는 건 불가능했다.

하지만 저 미친놈들은 결계를 죄다 뚫은 걸로도 모자라 회심의 함정마저 박살 낸 뒤, 이쪽으로 진격해 오고 있었다.

물론 이 작은 왕국 곳곳에 그녀의 작품들이 득시글댔지만, 이제 와서 그 녀석들로 저 미친 기사들을 막을 수 있을 것 같지는 않았다.

결국 진은 머리카락을 쥐어뜯으며 소파에서 발악할 수밖에 없었다.

"아니, 어떻게 이걸 그리 쉽게……! 로저도 공략하는 데 3일은 걸렸다고!"

한참을 발버둥 치던 그녀는 퍼뜩 정신을 차리고 벌떡 상체를 세웠다.

"아아아, 잠깐. 이럴 때가 아니지."

일단은 여기에서 튀어야 했다.

실험체들을 두고 가는 건 아깝지만, 저런 것들이야 다시 만들면 그만이었다.

급하게 엉망진창인 책상을 뒤진 그녀가 텔레포트 마법이 새겨진 마정석을 찾아내 발동했다. 하지만 마정석은 틱, 틱, 소리만 몇 번 낼 뿐 이내 빛을 완전히 잃어버렸다.

잠시 멍하니 있던 진이 사색이 됐다.

"뭐, 뭐야. 이게 왜 이래?!"

언제든지 비상시에 사용할 수 있도록 바깥과 연결되게 만들어 둔 물건인데, 전혀 반응이 없었다.

설마 나가는 쪽 마법이 파괴되었나?

아니, 그럴 리 없었다. 평범한 마법이 아닌 만큼, 제아무리 날고 기는 놈이라 하더라도 쉽게 파훼할 수는 없었다.

"아아아, 미치겠네 정말!"

다시 머리를 쥐어뜯으며 한바탕 난리를 피우던 진이 우뚝 움직임을 멈췄다.

청소한 지 오랜 시간이 지나 온갖 물건이 쌓여 더러워진 실험실에 한순간 정적이 찾아왔다.

그리고 잠시 후.

진이 천천히 양손을 내렸다. 허둥대던 방금과는 달리 착 가라앉은 목소리가 입 밖으로 흘러나왔다.

"도망치긴 왜 도망쳐? 이렇게 된 거, 크로우의 원수를 갚아야지."

언제 당황했냐는 듯, 소녀의 얼굴은 마치 다른 사람처럼 무표정하게 변했다가 곧 입가에 커다란 미소를 드리웠다.

"맞다, 그 녀석이 있었지. 아직 한 번도 안 꺼낸 건데. 잘됐다! 이 기회에 시험해 봐야지!"

허둥지둥 탈출 장치를 찾았던 것이 거짓말이었던 듯, 금세 기분이 좋아진 진이 소파 위에서 폴짝 뛰어내렸다.

약간, 아주 약간의 사고는 있었지만 그래도 아직 기회가 있었다.

그녀에게는 체르니온 신의 힘을 빌려 만들어 낸 진정한 '기적의 병사'가 있으니까.

* * *

득, 드드득.

갑자기 수상한 소리를 내며 바닥이 흔들렸다.

계속해서 앞으로 이동하던 르웰린 일행이 우뚝 걸음을 멈춰 세웠다.

"뭐야?"

"아래쪽에서 느껴졌다."

켄이 당황해 주변을 살펴보자 워렌이 침착하게 답을 내주었다. 잠깐 잠잠해졌나 싶더니 다시 쿵, 하는 소음이 아득하게 통로를 울렸다.

"적인가?"

"적일 수도 있지만……."

미간을 찌푸리며 잠깐 소리에 귀를 기울이던 워렌의 입가에 슬며시 미소가 드리웠다.

"반가운 놈들인 것 같은데."
"아렌트인가?"
곧장 르웰린이 반색했다. 아무래도 아래쪽에서 치열한 전투가 벌어지고 있는 모양이었다.
긴장했던 로드릭 역시 짧게 안도의 한숨을 내쉬며 제 등에 업힌 남자에게 말을 걸었다.
"아저씨, 아직 멀었어요?"
"거, 거의 다 와 갑니다. 이제 조금만 더 가면 사람들이 갇힌 곳이 나옵니다."
"좋아. 우린 우리 일에 충실해야지. 가자!"
남자가 더듬더듬 꺼낸 말에 호쾌하게 고개를 끄덕인 르웰린이 다시 일행을 재촉했다.
"저, 저기! 저쪽 복도입니다!"
통로를 따라 달리던 그들은 곧 남자가 외치는 소리에 더욱 걸음을 박찼다.
과연 그 말대로 다음 모퉁이를 꺾자 방문이 나란히 늘어선 복도가 나타났다.
"워렌, 있어?"
"확실해. 소년의 냄새도 여기에서 짙게 나고 있다."
르웰린이 짧게 묻자 워렌이 고개를 끄덕였다.
여섯 개의 방문이 복도의 양쪽 벽에 3개씩 마주 보고 늘어서 있었다.

"사람들은 다 안에 있고?"

"그런 것 같다. 기척이 느껴져. 그리고 소년의 형은 오른쪽 벽 두 번째 방에 있다."

워렌의 대답을 들으며 르웰린은 켄에게 눈짓했다.

그 의미를 빠르게 알아차린 켄이 소년의 형이 있는 문 앞까지 접근했다. 로드릭 역시 업고 있던 남자를 벽에 기댈 수 있도록 내려 주고 켄과 행동을 함께했다.

르웰린이 자연스럽게 뒤로 물러서고, 워렌이 그를 지키기 위해 앞에 버티고 섰다.

모두가 대비한 것을 확인한 로드릭이 문고리를 살짝 잡았다.

스륵.

잠겨 있을 거라는 예상과는 달리 문고리가 싱겁게 돌아갔다.

"어?"

뜻밖의 상황에 켄과 로드릭이 눈을 휘둥그레 떴다.

소리도 없이 열린 문 사이로 방 안이 훤히 드러났다.

"어……?"

소파에 편안히 앉아 있던 소년이 놀란 얼굴로 그들을 바라보았다.

할 말을 잃어버린 건 르웰린 일행 역시 마찬가지였다.

얼핏 보기에는 평범한 공간이었다. 곳곳에 밝혀진 조명

이 방 안을 환하게 비췄고, 책상과 소파 같은 가구와 함께 소년이 읽던 것 같은 책도 몇 권 보였다.

"누구…… 세요?"

얼떨떨하게 그리 묻는 소년까지 더해지자, 오히려 이쪽이 불청객처럼 느껴질 정도였다.

하지만 소년의 품에서 강아지처럼 얌전히 몸을 기댄 정체불명의 생물은 이곳이 어디인지를 새삼 자각하게 만들었다.

"……워렌, 저 애가 맞아?"

"확실하다."

르웰린이 입술만 달싹여 묻자 워렌이 굳은 얼굴로 대답했다.

그러는 사이, 그들에게 가까이 다가온 소년이 다시 한 번 의아하게 물었다.

"누구세요?"

"아. 그러니까, 우리는……."

그제야 퍼뜩 정신을 차린 르웰린이 운을 떼려 했지만, 소년이 한발 먼저 선수 쳤다.

"혹시 진 님의 손님이신가요?"

"뭐?"

"바깥에서 종종 손님이 찾아오실 때가 있다고 들었는데, 실제로 뵌 건 이번이 처음이네요. 제가 진 님께 안내해 드릴까요? 개구쟁이들이 많아서 여러분끼리 가기는 힘들 거예요."

소년은 반가운 사람이라도 만난 것처럼 밝게 재잘대기 시작했다. 17살 정도라고 했지만, 발랄한 말투 때문인지 그보다 훨씬 어리게 느껴졌다.

일행은 직감했다.

이 소년의 정신 상태는 정상이 아니라고.

기괴하게 꺾인 6개의 다리를 움직여 휘청대며 다가온, 갈비뼈가 훤하게 드러난 개가 썩은 냄새를 풍기며 으르렁대기 시작했다.

마치 어린애처럼 순진무구한 소년과 그 옆을 지키는 개구울.

그 어지러운 부조화에 르웰린은 조금 정신이 아득해지고 말았다.

* * *

소년은 마을에서 끌려왔다는 아이가 맞았다.

인상착의며 워렌이 감지한 냄새 모두 그가 일행이 찾던 소년이라고 가리키고 있었다.

이미 끌려간 지 시간이 제법 지난 지라, 마을 사람들이 기이한 괴물로 변했을 가능성을 마음속 깊은 곳에서 상정하고 있었다.

하지만 이것만은 예상 못 한 사태였다.

"……반강제로 끌려갔다고 하지 않았던가?"

"아렌트 경이 분명 그렇게 이야기했지."

켄이 신음처럼 중얼거리는 말에 로드릭이 꺼림칙하게 고개를 끄덕였다.

"진 님께 안내해 드릴까요? 아마 지금쯤이면 연구실에 계실 거예요."

하지만 누가 반강제로 한창 혈기 왕성할 때의 소년을 이렇듯 순한 양처럼 만들 수가 있는 건가.

게다가 옆에는 누가 봐도 비정상적인 구울까지 붙어 있었다.

르웰린은 등 뒤에서 저도 모르게 주먹을 꽉 쥐었다.

뿌득.

이 가는 소리에 워렌이 놀라 그를 돌아보았지만, 르웰린은 금세 표정을 갈무리하고 평소처럼 싱긋 미소 지었다.

"어어, 그러면 고맙지. 혹시 그…… 진 님과는 오래전부터 알던 사이인가?"

"아니요! 저는 여기에 온 지 한 달밖에 안 됐어요."

"그래? 그 전에는 어디에 있었는데?"

"아랫마을에서요."

소년이 해맑게 웃으며 선뜻 대답하자 르웰린은 가슴이 더 답답해졌다.

"그럼 가족들도 아랫마을에 있는 거 아냐?"

"네? 맞아요."

의아하게 되물으면서도 소년은 순순히 고개를 끄덕였다.

일단 가족에 대한 기억이 온전하다는 것은 불행 중 다행인 일이었다.

"……하아. 좋아, 일단은."

감상에 빠질 시간은 없었다.

이들을 원래대로 되돌려 놓으려면 홍수부터 잡아야 한다.

하지만 그것보다 급한 일이 있었다.

애써 마음을 가라앉힌 르웰린이 얼굴에 씨익, 미소를 지은 뒤 소년과 시선을 맞췄다.

"가족 만나고 싶지 않아?"

"네? 그야…… 만나고 싶어요. 하지만 진 님이 돌아가는 건 안 된다고 했어요."

"그렇지. 하지만 가족 데려오고 싶다면서. 마을에 내려가서 동생이랑 부모님도 같이 여기로 오면 진 님도 기뻐하시지 않을까?"

"아……!"

마치 일곱 살짜리를 대하는 것처럼 살살 꼬드기자 소년의 눈이 반짝였다.

"다른 사람들도 마찬가지일 거 아냐. 가족 만나고 싶지는 않대?"

"맞아요. 어제 아주머니도 그렇게 말씀하셨어요."

"그러면 내가 잠깐 진 님한테 가서 허락받고 올 테니까, 다른 사람들이랑 같이 네 방에서 기다리고 있을래?"

지금 당장 도망치기에는 바깥이 너무 위험했다.

소년이 아무런 의심 없이 고개를 끄덕이려는 순간.

쿠우웅!

묵직한 울림이 건물 전체를 울렸다.

"뭐, 뭐야?"

"……아무래도 무슨 일이 벌어진 것 같은데."

로드릭이 놀라 주변을 두리번거리자 감각을 곤두세우고 있던 워렌이 한마디 툭 내뱉었다.

쿵, 쿠우웅!

몇 차례 계속되던 진동이 이내 멎은 뒤, 르웰린은 다시 소년에게 말을 걸었다.

"얼마 안 걸릴 거야. 다른 사람들이랑 집에 갈 준비하고 있어."

"네! 좋아요."

방금의 소동에도 아무렇지 않게 고개를 끄덕이는 소년

을 보자 르웰린은 더욱 마음이 착잡해졌다.

소년을 방 안으로 밀어 넣은 르웰린이 소년에겐 들리지 않게 명령을 내렸다.

"로드릭, 켄. 여기에서 사람들을 지켜."

"뭐? 그럼 너희는?"

"그놈 연구실에서 사람들을 돌려놓을 방법을 찾아야지. 잘하면 아렌트네랑 합류할 수 있을지도 모르고. 안내는……."

말끝을 흐리던 르웰린의 시선이 벽에 기댄 채 우물쭈물하던 남자에게 닿았다.

"진이라는 사람의 연구실, 어디인지 알죠?"

멍하니 있던 그가 급하게 고개를 끄덕였다.

"좋아, 그럼 아저씨가 안내해 주세요. 다녀올게."

"잠깐만. 저분도 우리랑 같이 있는 게 낫지 않아? 위험하잖아."

"아니, 길잡이가 필요해."

르웰린의 단호한 말이 끝나기가 무섭게.

콰아앙!

다시 한번 살벌한 울림이 터져 나왔다.

두 사람은 할 말이 많아 보였지만 입을 다물었다.

이럴 때 대장이 내린 판단은 언제나 틀리지 않았다는 것을 충분히 알고 있으니까.

"……따라오세요."

망설이던 남자가 그렇게 말하자, 고개를 한 번 끄덕인 르웰린이 워렌을 이끌고 복도 너머로 사라졌다.

착잡한 얼굴로 그들이 떠난 곳을 물끄러미 보던 로드릭과 켄 역시 움직이기 시작했다.

다른 것을 생각하기 이전에, 민간인들을 보호하는 것이 급선무였다.

* * *

아까부터 이어지던 굉음의 빈도가 점점 잦아지고 있었다.

사실 안내도 필요 없었다.

워렌과 르웰린은 그 소리를 따라 달리기만 했다.

방금까지 로드릭의 등에 업혀 있던 남자는 어느새 워렌의 옆구리에 끼워졌다.

"저, 저쪽에서 아래 지하로 내려가면 됩니다."

"알겠어요."

두 사람은 곧장 계단으로 방향을 잡았다.

하지만 막 방향을 틀려는 순간, 뭔가를 감지한 워렌이 급하게 르웰린의 뒷덜미를 확 잡아챘다.

콰아앙!

그와 동시에 계단 저편에서 무언가가 날아와 큰 소리와 함께 벽에 거세게 처박혔다.

 갑작스러운 상황에 멍하니 있던 르웰린은 나동그라진 사람이 리히트라는 것을 한 박자 늦게 알아차렸다.

 "리히트 경!"

 "······무사하셨군요."

 겨우 몸을 추스른 리히트가 자리에서 몸을 일으키고 검을 다잡았다.

 "자리를 피하십시오. 여기는 위험합니다."

 "피하긴 뭘 피해요! 일손 딸려 죽겠는데!"

 하지만 안쪽에서 아렌트의 짜증 가득한 목소리가 터져 나왔다.

 울컥 치밀어 오르는 화를 눌러 담지 못한 리히트가 검을 고쳐 쥐며 마주 고함쳤다.

 "그런 소리 할 시간에 움직이기나 해라!"

 "선배나 빨리 튀어 오십쇼!"

 하지만 돌아온 건 아서의 신경질적인 외침이었다.

 쯧 혀를 찬 리히트가 자리를 박차고 달려 나갔다.

 퍼뜩 정신을 차린 워렌과 르웰린 역시 남자를 내려놓고서 리히트의 뒤를 따라갔고, 곧 충격적인 광경을 마주하고야 말았다.

 "······."

미친놈에겐 매가 약 〈307〉

"이게 무슨……."

도대체 무슨 생물에서 비롯된 건지도 감이 안 잡히는 거대한 괴물이 좁은 복도를 빈틈없이 막고 있었다.

어둠 같은 시커먼 표피에 달린 수십 개의 눈이 데룩데룩 눈동자를 굴려댔고, 그 아래 몸통부터 뻗어 나온 굵은 나무뿌리 같은 다리들이 기사들과 대치 중이었다.

"끼에에에엑!"

천장 가까이에 닿은 주둥이가 죽은 피를 쏟아 내며 찢어지는 비명을 질렀다.

"젠장!"

욕지기를 쏟아 내며 아티팩트를 발동한 아렌트가 놈의 줄기를 크게 베어 냈다.

순식간에 새하얗게 얼어붙은 부분이 바닥에 툭 떨어졌지만, 다른 곳에서 불쑥 솟은 줄기가 그를 노리고 빠르게 쇄도했다.

카아앙!

그 공격을 아서가 튕겨 내고, 다시 전장에 끼어든 리히트가 방향을 잃은 놈의 다리를 베어 냈다.

그 꼴을 보던 워렌이 질린 목소리를 냈다.

"이런 와중에도 말싸움할 정신이 있다니."

이미 전투가 꽤 오래 진행되었는지, 괴물은 거의 힘을 잃어 가고 있었다.

바닥에는 서리가 앉은 자국과 함께 잘려 나간 구울의 파편들이 여기저기 널브러져 있었고, 바닥과 벽은 베이고 움푹 팬 자국으로 난리도 아니었다.

방금 리히트가 베어 낸 자리가 다시 재생하려는지 꿈틀대기 시작했지만, 뒤이어진 아렌트의 일격에 새하얗게 얼어붙고 말았다.

가벼운 몸놀림으로 바닥에 착지한 아렌트가 재차 마력을 강하게 끌어올리며 앞으로 튀어 나갔다.

"워렌, 따라와!"

"쯧."

그가 남긴 외침에 워렌 역시 몸을 부풀리고는 자연스럽게 합류할 수밖에 없었다.

앞으로 치고 나가는 웨어 울프와 견습기사를 향해 괴물이 길게 울부짖으며 공격을 퍼부은 순간.

중간에 끼어든 기사들이 그들의 앞을 막아섰다.

콰아앙!

리히트가 쳐 낸 놈의 줄기가 벽을 파고들며 자욱한 먼지가 피어올랐다.

어차피 베어 봤자 재생할 뿐이니, 그냥 막아 내는 쪽을 선택한 것이다.

"먼저 가."

"뭐?"

의아하게 물으면서도 워렌은 아렌트를 앞질러 갔다.

이제 괴물의 몸통이 지척에 있었다.

놈을 베어 내려 발톱에 힘을 주던 워렌은, 갑자기 제 어깨를 강하게 짓밟는 힘 때문에 그대로 바닥에 나동그라지고 말았다.

"윽!"

우당탕!

워렌이 꼴사납게 넘어지든 말든 그를 발판 삼아 도약한 아렌트가 공중에서 몸을 비틀었다.

새하얀 서리가 검을 따라 궤적을 그리더니 이내 눈알이 가득한 놈의 미간에 정확히 틀어박혔다.

무수한 동공이 경악에 가득 찼다.

"꼐에에에엑! 꼐에에에에엑!"

날카로운 이빨이 무수히 난 주둥이가 아렌트를 집어삼킬 기세로 쩌억 벌어져 마지막 비명을 토했다.

"꼐에에에엑! 꼐에에……!"

하지만 그걸로 마지막이었다.

아렌트의 검이 닿은 자리부터 거구가 서서히 새하얀 얼음에 삼켜졌다.

아렌트가 사뿐히 착지하는 것과 동시에 교대하듯 나선 아서가 마지막 일격을 가했다.

쩌적.

얼어붙은 피부가 갈라지더니 이내 산산조각 난 얼음덩어리가 되어 바닥에 와장창 쏟아졌다.

바닥에 넘어져 졸지에 그 얼음덩어리에 몇 번이나 얻어맞은 워렌이 벌떡 몸을 일으켰다.

"진짜 죽고 싶나?"

"역시 웨어 울프, 딱 좋은 발판이었어."

"미리 말이라도 하든가……!"

"내가 왜."

"……!"

워렌이 발광하기 직전, 르웰린이 적절한 타이밍에 끼어들었다.

"저 복도 너머가 진이라는 놈의 연구실이래."

"진?"

처음 듣는 이름에 아렌트가 눈썹을 휘었다.

기사들이 숨을 돌리는 사이 르웰린은 자초지종을 들려주었다.

그러는 사이, 아렌트의 시선은 줄곧 워렌의 뒤에 조용히 서 있는 남자에게 닿아 있었다.

르웰린이 설명을 마치자 그가 간단히 고개를 끄덕였다.

"……일단은 움직이자."

반복된 전투에 이미 지친 기색이었지만, 리히트와 아서

역시 군말 없이 괴물의 잔해를 밟고서 움직이기 시작했다.

하지만 그들은 곧 멈칫할 수밖에 없었다.

"빌어먹게 끈질기군."

잘려 나간 괴물의 파편이 꾸물꾸물 움직이더니 천천히 재생하기 시작한 것이다.

심지어는 얼음덩어리가 된 살덩이 역시 억지로 표피를 덮은 살얼음을 깨고 꿈틀대고 있었다.

놈을 완전히 동사시키기에는 마력이 모자랐던 것이다.

조각난 것들이 하나로 합쳐지며 이내 또 다른 괴물들이 되어 일행을 향해 이빨을 드러냈다.

"크르르륵······."

"이쯤 되면 구울이라고 부를 수도 없겠군."

쯧 혀를 찬 리히트가 검을 다잡는 것을 본 아렌트가 툭 내뱉었다.

"먼저 갑니다."

"빨리 꺼져라."

퉁명스러운 대꾸가 워렌에게서 튀어나왔다.

그 역시 이미 다음 전투를 시작할 채비를 마친 채였다.

적들이 목울대를 울리며 성큼, 일행과 거리를 좁혔다.

아렌트가 한 발 앞으로 내딛는 순간, 짐승들이 사납게 짖으며 일제히 달려들어 왔다.

하지만 먼저 움직인 리히트와 워렌이 놈들을 도륙내며

길을 열었다.

앞을 막는 놈들을 제치며 아렌트는 목표를 향해 똑바로 달려 나갔고, 그 뒤로 르웰린과 아서가 따라붙었다.

조명도 없는 어두운 복도 저편에 작은 문이 보였다.

아마 저기가 이 복잡한 미궁의 가장 깊은 곳이겠지.

달리던 기세 그대로 뛰어든 아서가 문을 박찼다.

콰아앙!

낡은 문이 별 저항도 하지 못하고 그대로 나동그라졌다.

지독한 악취가 훅 끼쳐왔다.

그들이 턱까지 차오른 호흡을 억지로 가다듬는 사이, 피어오른 먼지가 서서히 가라앉고 조용한 방이 모습을 드러냈다.

커다란 책상 위에 온갖 자료들이 아무렇게나 쌓이고 뒤엉켜 있었다.

어느 생물의 손가락뼈나 반쯤 썩은 꼬리 같은 신체의 일부가 책상이며 바닥에서 아무렇게나 뒹굴었고, 반쯤 깨진 유리병과 빛을 잃어버린 마정석, 그리고 음식 쓰레기까지.

오만 것이 널브러진 방 안은 혼란 그 자체였다.

책장에는 정체불명의 액체에 담긴 온갖 몬스터의 머리며 내장 등이 촛불 대신 기이한 푸른빛을 내며 방 안을 밝혔다.

그리고 이 작은 세계의 왕좌처럼 놓인 소파 한가운데에, 한 소녀가 있었다.

"……."

커다란 눈동자가 어렴풋한 빛 속에서도 초록색으로 반짝였고, 긴 금발이 아무렇게나 흐트러져 소녀의 어깨 아래로 폭포수처럼 쏟아졌다.

거만한 자세로 소파에 비스듬히 기댄 채, 소녀가 아렌트를 빤히 응시했다.

아렌트는 그답지 않게 순간 말문이 막혀 버렸다.

잠깐 상황을 잊어버릴 정도로 아름다운 얼굴도, 어둠 속에서마저 반짝이는 금발 때문도 아니었다.

그의 시선은 소녀의 머리칼 틈으로 솟아난 뾰족한 귀에 닿아 있었다.

르웰린과 아서 역시 같은 것을 발견하고는 그 자리에 얼어붙었다.

"……엘프?"

한참 만에 르웰린이 간신히 입술을 달싹였다.

그러자 소녀, 진의 입가에 짙은 미소가 드리웠다.

"왜. 정신 나간 엘프는 처음 보나?"

(배신 기사의 유쾌한 신의 8권에서 계속)

환상이 숨쉬는 공간 파피루스 blog.naver.com/gnpdl7

머리를 식힐 겸 떠난 영국 여행에서
불행한 사고를 당한 웹소설 작가 진한솔

"여기는…… 빅 벤?"

눈 떠 보니 낭만과 문학과 인종 차별이 숨쉬는
19세기의 대영 제국 한복판에 떨어져 있었다!

어떻게든 살아남아야 한다
항만 노동자부터 부잣집 머슴에 베이비시터까지!
발에 땀 나도록 열심히 산 그에게 찾아온 기회

"선생님! 아니, 작가님! 이제야 찾아뵙습니다!!"
"……작가님이라고요?"
"지금 런던에서 제일가는 소설을 쓰신 분이니까요."

그 기회가, 소설 작가라고?
이참에 대영 제국 놈들에게 사이다를 풀어 주겠다
펜 하나로 세상을 바꾸는 대문호의 집필이 시작된다!

대영제국에서 작가로 살아남기

고스름도치 대체역사 장편소설